www.b-books.co.kr

www.b-books.co.kr

헌터 레볼루션

헌터 레볼루션

1판 1쇄 찍음 2019년 10월 8일
1판 1쇄 펴냄 2019년 10월 15일

지은이 | 정사부
펴낸이 | 정 필
펴낸곳 | (주)뿔미디어

편집장 | 문정흠
기획 · 편집 | 안진수 · 이창언

출판등록 | 2002년 9월 11일 (제1081-1-132호)
주소 | 경기도 부천시 원미구 소향로 17번길(두성프라자) 303호 (우) 14544
전화 | 032)651-6513 / 팩스 032)651-6094
E-mail | bbulmedia@hanmail.net
비북스 | http://www.b-books.co.kr

값 8,000원

ISBN 979-11-315-9938-9 04810
ISBN 979-11-315-9849-8 04810 (세트)

※파본은 구입하신 서점에서 교환하여 드립니다.

BBULMEDIA FANTASY STORY

헌터 레볼루션

정사부 현대 판타지 장편 소설

5

1. 빌런을 잡다.

40평 남짓한 작은 창고.

그곳에 십여 명의 사람들이 모여 열심히 무언가를 하고 있었다.

"정태야, 살균 통 잘 챙겨라."

"걱정하지 마세요, 클랜장님. 트롤 사냥의 기본이잖아요!"

정태는 얼른 큰소리로 대답하며 클랜장이 언급한 살균 통을 다시 한 번 점검했다.

오늘 나가는 트롤 사냥에서 가장 중요한 것이 바로 투박해 보이는 통이었다.

트롤 사냥이 까다롭다지만, 열 명이나 되는 중급 헌터가 있기에 걱정할 필요는 없었다.

사냥의 성공은 당연한 일이었고, 그보다 중요한 건 트롤의 혈액을 오염시키지 않고 효율적으로 담는 것이었다.

혈액이야말로 트롤 사냥의 전부이자, 가장 큰 수입원이기 때문이었다.

사실, 정태는 클랜장인 태형이 말을 꺼내기 전에 클랜이 보유한 살균 통을 살핀 후였다.

이미 한 일을 다시 하는 셈이지만, 중요한 일이다보니 살균 통을 살피는 정태의 눈에서 태만함은 찾아볼 수는 없었다.

“오늘은 명인 제약에서 의뢰한 것이니 작은 실수라도 없어야 해.”

“물론이죠.”

명인 제약은 레볼루션 클랜의 중요 거래처 중 하나로, 그간 이런저런 의뢰로 신뢰를 쌓아 온 곳이었다.

이번에도 외상 치료제로 널리 쓰이는 포션의 주원료인 트롤의 피를 공급해 달라는 의뢰를 받았다.

그것도 무려 50리터나 되는 엄청난 양이었다.

트롤의 혈액의 총량은 성체의 경우 20리터 정도로 알려져 있다.

그렇게 따지면 세 마리 정도만 잡으면 충분할 것 같지만,

현실은 그렇게 녹록치 않았다.

아무리 깔끔하게 트롤을 잡아 혈액을 채취한다고 해도, 한 마리에게서 얻을 수 있는 혈액의 양은 그 절반에도 미치지 못했다.

그도 그럴 것이, 사냥 중 트롤이 상처를 입으면 피가 흐를 테고, 혈액이 산소와 접촉하면서 오염되기도 하기 때문이었다.

그래서 명인 제약에서 요구한 50리터의 혈액을 채취하려면 최소 여섯 마리는 잡아야 주문한 양을 맞출 수 있었다.

그나마도 레볼루션 클랜의 실력이 좋기에 가능한 것이지, 만약 일반적인 헌터 파티나 공대에 의뢰를 했다면 더 많은 트롤을 잡아야 가능한 양이었다.

또한 같은 양을 납품하더라도 전문적으로 트롤을 사냥하는 레볼루션 클랜과 어중이떠중이들이 채혈한 트롤의 피는 품질에서 큰 차이를 보였다.

그렇기에 다른 일반 헌터 공대나 파티에도 의뢰를 주긴 하지만, 명인 제약은 급하지만 않다면 레볼루션 클랜에 가장 많은 양의 물량을 발주했다.

물론, 레볼루션처럼 작은 클랜보다는 규모가 큰 헌터 길드에 맡기면 좀 더 쉽게 트롤의 혈액을 구할 수 있는 건 분명했다.

하지만 헌터 길드에 의뢰하는 것은 마진이 크게 남지 않았다.

우선 헌터 길드는 규모가 크고 몸값도 비싸기 때문에 의뢰비용이 만만치 않았다.

그러다 보니, 명인 제약처럼 특정 약품을 생산하는 중소 제약 회사의 경우, 이윤을 생각해 헌터 길드가 아닌 클랜이나 공대에 발주하는 것이 최선이었다.

그건 제약 회사가 아닌, 헌터 길드의 경우도 마찬가지였다.

길드 산하 공대의 훈련이 있는 게 아니라면, 겨우 위험 분류 5등급 초반에 불과한 트롤을 사냥하기 위해 움직이는 것은 배보다 배꼽이 더 큰 일이었다.

트롤이 돈이 되는 몬스터이지만, 길드가 움직일 정도로 고가치의 몬스터는 절대 아니었다.

거대 제약 회사와 유명 길드의 계약이 아니라면, 이렇듯 규모가 작은 헌터 클랜이나 공대가 중소 규모의 제약 회사나 연구소의 의뢰를 받아 몬스터를 잡는 게 여러 방면에서 합리적이었다.

"그런데, 형님."

정태는 살균 통을 점검하다 말고, 태형을 불렀다.

"왜?"

"그 얘기 들었어요?"

"뜬금없이 무슨 말이야. 알아듣게 설명해봐."

“오늘 가려는 북한산 일대에서 헌터들의 뒤를 노리는 빌런이 출몰한다는 소문을 들었어요.”

정태는 근심이 가득한 표정으로 태형을 바라봤다.

그러자 태형은 덩달아 인상이 구겨졌다.

현재 대한민국은 대격변으로 인해 차원 게이트가 수시로 발생하며 인류의 적인 몬스터가 출몰하는 바람에 국토의 많은 부분이 점거당한 상태였다.

그런데 몬스터를 사냥하는 헌터들의 생존을 위협하는 또 다른 존재가 등장했다.

몬스터와 다르게 겉으로는 표가 나지 않는 인류의 적.

그들은 바로 같은 인간이면서도 몬스터가 아닌 인간을 타깃으로 삼은 빌런이었다.

빌런들은 헌터들이 목숨을 걸고 사냥한 몬스터를 탈취하면 몬스터를 상대로 싸우는 것보다 쉽게 이득을 취할 수 있다는 이점을 노렸다.

그런 이유로 빌런들은 사냥 후 지친 헌터들을 공격했다.

언제 어디서 가해질지 모를 빌런의 기습에 헌터들은 상당한 피해를 입을 수밖에 없었다.

그러다 보니 헌터들은 맞서 싸우는 건 포기하고, 사냥한 몬스터를 포기하고 물러설 수밖에 없었다.

빠르게 전장에서 이탈하지 않을 경우, 부상에 그치지면 다행이고 최악엔 생명까지 잃을 수 있었다.

헌터들의 피해가 누적되며 빌런에 의한 피해가 증가하자, 헌터 협회는 현상금을 걸고 놈들을 잡아들이려 노력했다.
하지만 열 포졸이 도둑 하나 잡기 힘들다는 말처럼 범죄를 저지른 빌런들을 붙잡는 것은 결코 쉽지 않은 일이었다.
물론, 놈들이라고 마냥 쉽게 돈을 버는 것은 아니었다.
범죄자인 빌런의 경우, 현장에서 사살당해도 아무 말도 할 수 없기 때문이었다.
그들은 몬스터와는 별개로 또 다른 인류의 적이기에 자신의 생존권을 주장할 수 없었다.
"일단 조심할 수밖에 없긴 한데… 놈들도 소문이 퍼진 것을 알 테니 장소를 옮기지 않았을까?"
"그렇다면 다행인데, 오히려 단단히 준비하고 기다릴까 봐 걱정이에요."
태형은 낙관적인 의견을 내놨지만, 정태는 한숨을 푹 내쉬며 자신의 우려를 숨기지 않고 드러냈다.
헌터나 빌런이나 능력 차이는 개개인마다 달랐다.
하지만 가장 크게 다른 점은 헌터들은 어디까지나 몬스터를 사냥하는 것에 집중하는 반면, 빌런들은 사람을 상대하는 것에 더 능숙하다는 것이었다.
"놈들의 수는 우리보다 적을 테니까, 그렇게 걱정하지 마."
"실력이 아무리 좋아도 사냥으로 지친 다음에 공격을 받으면 안전을 장담할 수가 없잖아요."

흔들리는 정태의 눈빛을 발견한 태형은 허튼소리 내뱉지 말고 준비나 하라는 듯 그의 등을 강하게 내려쳤다.

"아야! 형님, 말로 하세요, 말로."

"인상 펴라. 어디 형님 앞에서 눈살을 찌푸려."

"항상 해오던 대로 조심하는 수밖에 없어."

그때, 갑자기 옆에서 들린 목소리에 두 사람의 고개가 돌아갔다.

그곳에는 언제 다가왔는지 모를 수형이 서 있었다.

"그놈들을 안 만나는 게 가장 좋겠지만, 어디 구더기 무서워 장 못 담그겠어?"

수형은 친구인 태형을 보며 힘내라는 듯 말을 건넸다.

"그래, 우리의 호프 최수형이 있으니, 나는 걱정 없다."

"맞아요. 부클랜장님이 나서면 빌런 놈들은 도망치기 바쁠 거예요. 나타나기만 하면 확 그냥!"

태형과 정태는 걱정을 떨쳐 보려는 듯 일부러 너스레를 떨었다.

두 사람이 반쯤 농담처럼 이야기하지만, 태형과 정태는 눈앞에 있는 최수형을 그만큼 신뢰했다.

헌터 협회에 알리지는 않았지만, 최수형은 두 가지 속성을 각성한 S급 헌터였다.

그것도 자연계 최강의 파괴력을 가진 번개 속성에 정화와 회복력에 탁월한 물 속성 능력을 동시에 구사할 수 있었다.

번개와 물은 각각 사용할 때도 부족함이 없었지만, 함께 사용했을 때 진가를 드러냈다.

상성이 너무 좋기 때문에 때때로 강력한 한 방으로 몬스터에게 치명상을 입히는 것도 가능했다.

그리고 두 속성의 조합은 몬스터뿐만 아니라 인간에게도 치명적이었다.

실제로 레볼루션 클랜은 빌런과 교전을 벌인 적이 있는데, 그때 최수형의 능력으로 위기를 모면할 수 있었다.

최수형은 빠른 번개 속성 공격으로 빌런을 제압했고, 교전이 끝난 후에는 물 속성이 가진 정화와 회복 능력으로 부상당한 클랜원을 치료했다.

덕분에 클랜원 중 부상으로 이탈하는 이가 발생하는 걸 막을 수 있었다.

그렇기 때문에 클랜장인 태형을 비롯한 클랜원들은 최수형에 대한 신뢰가 두터웠다.

덕분에 빌런들이 자주 나타난다는 소문이 도는 북한산에 트롤을 사냥하러 가는 것도 두려워하지 않을 수 있었다.

레볼루션 클랜은 준비를 마친 뒤, 곧장 북한산으로 향했다.

내부로 진입한 태형은 클랜원들 간의 간격을 넓혀 트롤의 흔적을 찾았다.

사냥의 시작은 타깃의 흔적을 찾는 것부터 시작이기 때문이었다.

북한산은 공간 왜곡 현상으로 인해 기존의 영역보다 훨씬 넓어진 상태라, 트롤이 많이 서식하는 것으로 알려진 것과 달리 실제로 흔적을 발견하는 건 어려운 일이었다.

더욱이 트롤은 그 큰 덩치와는 다르게 숲에서 무척이나 은밀하게 움직였다.

마치, 호랑이가 정글에서 은밀하게 움직이다가 먹잇감을 덮치는 것처럼 조용하고 신중했다.

그러니 트롤을 사냥하려면 먼저 놈들의 흔적을 찾아서 그 뒤를 쫓는 게 안전했다.

트롤을 먼저 발견하면 습격을 가해 유리한 상황으로 이어지겠지만, 도리어 먼저 발각당하면 헌터들이 트롤의 사냥감이 되기 때문이었다.

"오늘은 운이 좋네요. 여기 트롤의 흔적이 있어요."

나무 사이를 지나서 길게 이어지는 트롤의 발자국을 발견한 정태가 싱글벙글 웃으며 입을 다물지 못했다.

"바로 뒤를 쫓자."

태형은 클랜원들을 이끌고 트롤의 흔적을 추적했다.

그는 그때만 해도 생각보다 훨씬 빠르게 트롤의 흔적을 찾았다는 것에 기뻐하며 오늘은 천운이 따른다고 여겼다.

하지만 이들의 운은 거기까지였다.

트롤이 한 마리라 생각해 가벼운 마음으로 쫓았으나, 그 끝에는 트롤 두 마리가 기다리고 있었다.

"우리가 쫓던 수컷이 솔로가 아니었네."

태형은 저 멀리 50미터 정도 떨어진 곳에 보이는 두 마리의 트롤을 바라보며 작게 중얼거렸다.

"그러게. 부부라면 고민 좀 해봐야겠는데……."

태형의 말에 수형이 고개를 끄덕이며 말을 받았다.

그런데 두 사람이 심각한 표정을 지어 보인 것과 달리, 정태는 트롤 부부를 바라보며 고개를 갸우뚱했다.

"형님, 두 마리라 조금 벅차기야 하겠지만, 충분히 잡을 수 있지 않아요?"

형태는 그 말에도 일리가 있다 여겼다.

레볼루션 클랜의 멤버들이라면 비록 성체라고 해도 트롤 두 마리 정도는 충분히 잡을 능력이 됐다.

하지만 클랜장인 태형은 굳이 모험을 하고 싶지는 않았다.

빌런이 출몰한다는 흉흉한 소문이 도는 상황이었고, 더욱이 현재 자신들이 있는 지형도 두 마리의 트롤을 사냥하기에 적합한 장소는 아니었다.

"주위를 봐봐. 나무가 빽빽하게 들어선 곳인데, 여기서 어떻게 레이드를 하겠냐."

정태도 그걸 모르는 건 아니었다.

하지만 그렇다고 목표인 트롤을 앞에 두고 물러서는 게 더 싫었다.

"그렇지만, 트롤 두 마리면 명인 제약에서 의뢰한 분량을 상당히 확보할 수 있잖아요."

정태의 머릿속에서는 아깝다는 생각이 떠나질 않았다.

트롤 성체 두 마리라면 잡는 데 조금 부담이 되지만, 성공하면 북한산에 머무는 시간을 줄일 수 있기 때문이었다.

그걸 모를 리가 없는 수형이 피식 웃으며 대화에 끼어들었다.

"힘들다고 포기한다는 말은 아니야."

"네?"

"지금 트롤이 있는 지형이 레이드를 시작하기에 불리하니 고민하는 것뿐이야. 사냥 자체를 포기한다는 말이랑 같은 뜻이 절대 아니라고."

"응, 그렇지. 비록 두 마리를 한 번에 잡는 게 쉽지는 않겠지만, 다른 변수만 없다면 충분히 가능해. 방법을 찾아봐야지."

태형도 눈앞의 트롤을 포기할 생각이 없다는 듯 말을 덧붙였다.

그저 지형적 불리함을 어떻게 해소할 수 있을지 고민될 뿐이었다.

세 사람이 대화를 나누는 동안, 두 마리의 트롤은 자리에 앉아 무언가를 먹으며 주변을 두리번거렸다.

이윽고 트롤들이 식사를 끝냈는지 자리에서 일어나 이동하려는 듯한 움직임을 보였다.

"타깃이 이동한다. 조용히 쫓아가자고."

태형의 말에 대기하던 헌터들이 조심스럽게 몸을 일으켰다.

다시 시작된 추격에 레볼루션 클랜의 진형이 변했다.

이들은 두 파티로 나뉘어 각각 클랜장인 태형과 부클랜장인 수형이 인솔했는데, 두 마리의 트롤을 가운데 두고 좌우로 갈라져 몬스터를 뒤쫓았다.

사냥에 유리한 지형이 나오기만 하면 언제든 동시에 트롤을 덮칠 계획이기 때문이었다.

그렇게 트롤의 뒤를 쫓은 지 얼마나 되었을까, 숲 속에서 발견하기 힘든 넓은 평지가 나타났다.

그건 과거의 북한산에서는 볼 수 없던 나무가 거대하게 자라면서 주변 나무들의 성장을 방해하며 생긴 공간으로 보였다.

"트롤들이 나무에 가까워지면 바로 사냥을 시작하자."

태형은 왼팔에 착용한 헌터 브레슬릿으로 멀리 떨어져 있는 수형과 통신을 했다.

[OK. 먼저 나서면 보조할게.]

부클랜장인 수형에게서 답변을 받자, 태형은 자신의 뒤로 보이는 클랜원들에게도 작전을 하달했다.

“저기 공터에 도착하면 바로 트롤을 덮친다.”

클랜원들이 자신을 주목하는 것을 확인한 태형이 이번 레이드에 대한 전략을 설명했다.

“우리의 타깃은 수컷이다. 내가 어그로를 잡으면 기존 방식대로 놈을 친다.”

태형은 혹시나 타깃이 겹칠 것을 우려해 수형과 상의해둔 상태였다.

“먼저 사냥에 성공한 쪽에서 다른 쪽을 도와야 하니까, 최선을 다해주길 바란다. 혹시나 돌발 상황이 발생할 시에는 정태가 나를 대신해 수컷 트롤의 시선을 잡아.”

여기서 태형이 말하는 돌발 상황이란, 다른 몬스터의 출현이나 빌런의 등장을 말했다.

물론, 빌런이 아니라 다른 헌터 파티나 공대가 나타나더라도 행동 요령은 같았다.

빌런이라고 ‘내가 범죄자요’ 하고 써 붙이고 돌아다니는 것도 아닐 뿐더러, 사람이라는 게 눈앞의 제물에 정신을 잃고 태도를 바꿀 수도 있기 때문이었다.

실제로 빌런 중에는 헌터를 가장해 활동하다가 결정적인 순간에만 본성을 드러내는 경우가 많았다.

그렇기에 몬스터 레이드 도중에 다른 헌터들이 나타나면, 공대장이나 파티장은 언제 변할지 모를 상황을 대비하기 위해 잠시 사냥에서 이탈하는 게 정석이었다.
그럴 경우를 대비해 미리 다른 이에게 자신의 포지션을 맡기는 건 당연한 상식이었다.
공대장이나 파티장의 순간적인 판단으로 동료들의 생사가 판가름 나는 일이기에 태형은 신중을 기할 수밖에 없었다.
아무리 몬스터의 부산물이 큰돈이 된다지만, 그것은 모두가 함께 살아 있을 때에 유용한 것이지 죽으면 말짱 꽝이었다.
"알겠습니다. 그런 일에는 제가 적격이죠."
탕탕!
정태는 클랜장인 태형의 말에 자신만 믿으라는 듯 오른손으로 자신의 가슴을 두어 번 쳤다.
그런데 방어구과 건틀릿으로 무장한 상태라 작은 소음이 일었다.
"진정해라. 그러다 트롤이 눈치채면 어쩌려고."
"아, 죄송……."
아직 어린 정태의 사소한 실수에 클랜원들이 피식 웃음을 흘렸다.
"자, 그럼 작전 회의는 여기까지. 다들 준비해."
태형의 말에 정태를 비롯한 조원들은 각자 육신에 잠든 마력을 활성화시켰다.

*　　　*　　　*

북한산으로 트롤 헌팅을 나온 재식은 뜻하지 않게 자신보다 먼저 들어온 몬스터 헌팅 파티의 흔적을 발견했다.

어떻게 할까 고민하던 재식은 우선 그들의 성향이 어떤지 살피는 것으로 가닥을 잡고, 그들의 뒤를 쫓았다.

지켜본 결과, 그들이 정상적인 파티라 안전할 것 같다 싶으면 그들의 동선을 피해 트롤을 사냥하려는 게 주된 목적이었다.

선객의 흔적을 쫓아간 재식은 자신이 발견한 흔적의 주인들이 트롤 두 마리와 전투를 벌이는 것을 목격하고 상당히 놀라고 말았다.

재식이 놀란 것은 그들이 트롤 두 마리를 동시에 사냥한다는 점 때문이 아니라, 또 다른 파티가 몰래 접근하는 것을 발견했기 때문이다.

처음 발견한 무리와 다르게, 그들은 여섯 명으로 이루어진 파티 규모에 불과했다.

놈들은 트롤을 잡는 이들에게 은밀하게 다가는 중이었고, 그게 좋은 의도를 품은 것으로 보이지는 않았다.

재식이 경고를 해야 할까 말아야 할까 고민하는 사이, 놈들은 마침내 트롤을 잡는 헌터 파티를 습격했다.

'이런, 정말 빌런이잖아!'

그럴 리가 없다고 판단한 재식이었지만, 결국, 재식이 우려한 일이 벌어지고 말았다.

솔직히 그동안 다른 헌터들에게 이야기로만 들었지, 실제로 빌런들이 몬스터를 사냥하는 파티를 뒤에서 기습하는 것은 보지 못했다.

그런데 오늘 직접 그런 자들을 두 눈으로 목격하게 되자, 재식은 심장이 싸늘하게 식어가는 느낌을 받았다.

급기야 그들의 모습에서 자신을 위협하던 백강현이 겹쳐 보였다.

'으윽!'

재식은 기억하기도 싫은 그때의 소름 끼치는 경험이 떠오르자, 자신도 모르게 두 눈이 붉어졌다.

그와 동시에 머릿속에서 뭔가 펑 하고 폭발하는 소리를 들었다.

"으아악!"

재식은 가슴에 충만하게 모인 마력을 터뜨리며 고함을 내질렀다.

재식은 배운 적도 없는 워 크라이를 본능적으로 사용했다.

그건 목소리에 마력을 섞어 소리를 들은 대상을 정신적으로 위축시키거나 고막을 강타해 고통을 느끼게 만드는 스킬이었다.

재식이 워 크라이를 쓸 수 있는 것은 다름이 아니라, 마력의 근간인 마정석 때문이었다.

오크는 전사가 되면 본능적으로 워 크라이를 터득해 전투나 사냥에 활용할 수 있었다.

즉, 챠콥이 마법 실험으로 재식의 심장에 새겨 넣은 마법진과 마법진의 원동력인 마정석이 오크 전사의 것이기에 가능한 것이었다.

한편, 트롤 레이드 중 빌런 파티가 출현해 정신이 없는 레볼루션 클랜은 갑자기 들린 워 크라이에 깜짝 놀랄 수밖에 없었다.

그도 그럴 것이, 두 마리의 트롤을 상대하는 것도 빠듯한데, 빌런의 기습까지 받았다.

한두 명도 아니고 무려 여섯 명이나 되는 빌런들의 파티였다.

더욱이 그들의 움직임은 레볼루션 클랜의 평균 레벨보다 더 높아 보이기까지 했다.

덕분에 클랜장인 태형과 부클랜장인 수형은 트롤을 상대하랴, 빌런들을 막으랴 정신이 없었다.

그런데 설상가상으로 오크 전사의 워 크라이로 짐작되는 소리가 가까운 곳에서 들려왔다.

태형은 자신의 목을 노리는 빌런의 단도를 한손 검으로

막은 뒤, 방패로 놈을 힘껏 밀어내며 간격을 벌렸다.

그러고 나서 방금 전 워 크라이가 들린 방향으로 시선을 돌렸다.

지금 태형이 걱정하는 것은 혹시라도 오크 전사가 휘하 오크들을 이끌고 전투에 난입하는 사태였다.

설상가상으로 평범한 오크 전사가 아니라 대전사급의 오크라면, 오늘 살아서 북한산을 떠나는 건 포기해야 할지도 모를 일이었다.

레볼루션 클랜은 온전한 상태에서도 오크 대전사를 상대하는 것이 거의 불가능했다.

오크 대전사의 무력도 무력이지만, 휘하에 거느린 대규모의 수하들이 진짜 문제이기 때문이었다.

만약 오크 대전사 한 마리라면 레볼루션 클랜이 아니라, 태형의 파티만 있어도 충분히 상대가 가능했다.

하지만 오크 전사만 해도 휘하에 최소 다섯 마리의 오크를 끌고 다니는데, 오크 대전사가 홀로 돌아다니는 경우는 없다고 봐도 좋았다.

게다가 오크 대전사가 거느리는 오크 전사의 수도 최소 다섯 마리였다.

그렇다는 건 최소 스물다섯 마리의 오크도 따라붙는다는 말이었다.

레볼루션 클랜원들의 평균 레벨은 40대 초반이고, 클랜장 태형과 부클랜장인 수형의 레벨이 50레벨 초반이라 해도 오크 대전사가 포함된 서른 마리의 오크 부대는 감당하기 버거운 상대였다.

그런데 레볼루션 클랜은 트롤 두 마리에다 빌런 파티까지 상대하는 상황이었다.

클랜원들의 심정이 암담할 수밖에 없는 이유였다.

"어?"

워 크라이가 들려온 방향을 바라보던 태형이 이건 또 무슨 일인가 싶어 고개를 갸우뚱했다.

오크 대전사나 오크 전사가 뛰쳐나올 줄 알았는데, 헌터로 보이는 한 남자가 숲을 빠져나와 공터로 접근했다.

"왜요?"

"형님, 지금 한눈 팔 때가 아니에요!"

트롤과 빌런을 상대하면서도 클랜원들은 태형에게 경고를 날렸다.

정태는 트롤의 시선을 끌면서도 태형에게 소리를 버럭 질렀다.

"젠장, 누군가 이쪽으로 온다!"

"뭐?"

태형의 갑작스런 외침에 클랜원들은 크게 당황하고 말았다.

하지만 그건 레볼루션 클랜을 공격하던 빌런들도 마찬가

지였다.

전투가 한창인 상황에 시선을 다른 곳으로 돌리는 것은 무척이나 위험한 행동이지만, 서로 놀라며 잠시 전투가 소강상태로 접어드는 바람 레볼루션 클랜의 피해는 발생하지 않았다.

물론, 트롤의 시선을 끌어야 하는 클랜원들은 여전히 트롤의 시선을 붙잡아두기 위해 사력을 다했다.

또 다른 빌런의 등장, 혹은 오크에게 피해를 입어 달아나는 중일 수도 있는 생존자의 모습에 태형은 마른침을 꿀꺽 삼켰다.

'헉!'

태형은 재식과 눈이 마주치는 순간, 깜작 놀라며 무기를 쥔 손아귀에 힘을 줬다.

빠르게 접근하는 남자의 두 눈은 붉게 물들어 있었고, 몸에서는 검은 안개가 피어올랐기 때문이었다.

그런데 자세히 살펴보니 남자의 시선은 레볼루션 클랜이 아닌, 빌런 파티에 고정돼 있었다.

'적이 아닌가?'

태형이 갈팡질팡하며 좀처럼 지시를 내리지 못하고 있을 때, 전장에 가까워진 재식이 다시 한 번 워 크라이를 사용했다.

"크아아아!"

"아악!"

"크워어억!"

재식의 워 크라이에 레볼루션 클랜을 공격하던 빌런들과 트롤이 양손으로 귀를 막으며 비틀거렸다.

'헉! 이 사람이 워 크라이를 쓴 건가?'

태형은 자신이 오크 대전사의 것으로 착각한 워 크라이를 터뜨린 이가 재식이란 것을 알아차리고 재차 놀랐다.

괴이한 모습이지만 사람임은 분명해 보였고, 레볼루션 클랜원들은 재식의 외침에 어떤 영향도 받지 않았기 때문에 아군이란 것도 직감할 수 있었다.

"하압!"

재식은 워 크라이를 터뜨린 직후, 땅을 박차고 뛰어올랐다.

그러고 나서 트롤의 시선을 붙잡고 있는 정태의 뒤에 서 있는 빌런의 머리 위쪽으로 떨어져 내렸다.

그야말로 엄청난 점프력이 아닐 수 없었다.

비록 재식이 달려온 지형이 내리막이라고 하지만, 이들이 전투를 벌이는 지형은 너른 평지였다.

즉, 고저의 차이는 그리 크지 않다는 뜻이었다.

그럼에도 재식은 엄청난 점프를 선보이며 수리매가 먹이를 낚아채듯 공중에서 빌런을 덮쳤다.

쾅!

재식은 빌런이 미처 반응하기도 전에 양발로 그의 어깨를 찍었다.

그러고 나서 다시 한 번 뛰어올라 공중제비를 돌더니 빌런의 뒤로 착지하는 것과 동시에 놈의 등에 양손의 카타르를 찔러 넣었다.

카앙!

재식의 카타르는 무방비 상태인 빌런의 등을 정확하게 노렸지만, 목적을 이루지 못했다.

빌런이 장비한 방어구가 재식의 공격력을 상회하기 때문이다.

하지만 재식은 이에 굴하지 않고 재차 공격을 이어갔다.

"하압!"

첫 시도가 실패로 돌아가자 재식은 지체하지 않고 바로 몸을 빙글 돌려 원심력을 이용해 방어구가 없는 다리를 노렸다.

퍽!

재식의 발차기는 그냥 발차기가 아니다.

오크의 마정석 때문인지 공격 하나하나에 마력이 실렸다.

그러다 보니, 재식의 발차기에는 상당한 파괴력을 보여줬다.

발차기 한 방에 대퇴골이 부러진 빌런은 비명을 내지르며 바닥에 쓰러졌다.

갑자기 난입한 재식으로 인해 전장은 더 큰 혼란에 빠지고 말았다.

그건 트롤의 시선을 붙잡던 이도 마찬가지라, 정태는 당황하며 어찌할 바를 몰라 몸이 굳어졌다.

빌런이 쓰러지는 걸 확인한 재식은 마무리를 하려고 했지만, 멍하니 서서 자신을 보고 있는 헌터에게 소리칠 수밖에 없었다.

"앞으로 굴러!"

재식의 경고에 정태는 무의식적으로 앞으로 몸을 날렸다.

그런 그의 뒤로 묵직한 무언가가 지나가며 바람을 일으켰다.

'헉!'

뒤통수에 바람이 닿자 정태는 온몸의 털이 쭈뼛 곤두섰다.

'이런 젠장!'

자신이 무슨 실수를 저지른 것인지 그제야 깨달은 정태가 얼른 정신을 수습했다.

그러고 나서 다시 일어서서 자세를 잡은 뒤, 자신을 공격한 트롤의 품에 뛰어들어 손에 든 검으로 가슴을 찔렀다.

"크웍!"

곤봉을 내려치느라 잠깐 무방비 상태가 된 트롤은 가슴에 느껴지는 고통에 비명을 질렀다.

"이얏!"

재식은 가슴에 칼침을 맞은 트롤이 비명을 지르는 것을 그냥 두고 보지 않았다.

가슴을 부여잡고 비틀거리는 트롤의 목에 사정없이 카타르를 찔러 넣었다.

그러자 트롤은 왼손을 들어 모기를 잡듯 자신의 목을 때리려 했다.

"위험해요!"

정태는 이를 놓치지 않고 재식에게 경고했지만, 재식은 그의 외침을 듣기 전에 이미 공중으로 뛰어오른 뒤였다.

"죽엇!"

재식은 공중에서 떨어져 내리며 트롤의 뒤통수에 카타르를 박아 넣었다.

두개골이 뚫리며 뇌를 다친 트롤은 낙뢰를 맞은 듯 몸을 부르르 떨었고, 재식은 그 틈을 노려 트롤의 목을 단숨에 베어냈다.

특유의 재생력을 발휘하기도 전에 트롤은 목이 잘리며 생을 마감하고 말았다.

쿵!

목을 잃은 트롤이 고목나무가 쓰러지듯 앞으로 쓰러졌다.

트롤을 쓰러뜨린 재식은 뒤도 돌아보지 않고 몸을 틀어 다른 빌런을 향해 달렸다.

'허!'

그런 재식의 모습에 정태는 헛숨을 들이켜며 놀랄 수밖에 없었다.

힘들게 트롤을 상대하던 자신들과 달리, 방금 나타난 의문의 헌터는 너무나 간단하게 트롤을 처치해 버렸기 때문이다.

과감한 공격 스타일도 대단하지만, 그 질긴 트롤의 목을 단번에 자른 솜씨도 감탄이 절로 나올 정도였다.

하지만 이대로 놀라고만 있을 수 없는 상황이기에, 정태는 쓰러진 트롤을 뒤로하고 빌런의 공격을 받는 동료를 향해 뛰어갔다.

정태보다 앞서 달려간 재식은 트롤과 빌런의 공격 속에서 필사적으로 레볼루션 클랜원들을 보호하며, 반격할 틈을 만들어줬다.

"고맙습니다!"

빌런과 트롤을 상대하는 바쁜 와중에도 태형은 재식에게 감사의 인사를 잊지 않았다.

하지만 재식은 두 집단을 상대하느라 정신이 없는 것인지, 아니면 전투의 흥분으로 반쯤 이성을 놓았기 때문인지 아무 대꾸도 없이 전투를 이어갈 뿐이었다.

하지만 재식의 가세에도 전투는 계속해서 치열하게 이어졌다.

레볼루션 클랜은 좀처럼 전투에서 우위를 점하지 못한 채 재식이 빌런들의 수를 줄이는 걸 지켜볼 뿐이었다.

그도 그럴 것이, 한창 트롤과 전투를 벌이느라 힘을 소진했고, 자신들보다 레벨이 높은 빌런의 습격에 초기에 부상을 당한 클랜원이 많기 때문이었다.

게다가 빌런과 트롤은 공동 전선을 펼치는 것으로 약속이라도 한 것처럼 서로를 공격하지 않았다.

하지만 그 이유는 그렇게 대단한 게 아니었다.

어디에서 구했는지 알 수 없지만, 빌런들은 트롤의 몸에서 나오는 페로몬을 온몸에 묻힌 상태였다.

그렇기 때문에 트롤은 뒤늦게 나타난 빌런들을 자신의 동족으로 오인했고, 놈들이 레볼루션 클래원을 공격했기 때문에 자신보다 조금 덜 자란 동족으로 생각했다.

그러다 보니 재식의 눈부신 활약에도 전투는 좀처럼 끝날 기미가 보이지 않았다.

"으으… 크하학!"

전황이 마음대로 풀리지 않자 재식은 맹수가 으르렁거리듯 낮은 신음을 흘리더니, 급기야 처음 등장할 때 선보인 것보다 더 커다란 목소리로 워 크라이를 터뜨렸다.

"으악!"

레벨이 낮아 보이는 두셋의 빌런이 순간적으로 머리와 가슴을 짓누르는 둔중한 통증에 비명을 지르며 비틀거렸다.

그 효과가 얼마나 강한지, 빌런뿐만 아니라 목표로 하지 않은 레볼루션 클랜원들도 답답함을 느끼며 동작을 멈추고 말았다.

재식은 자신의 워 크라이에 의해 행동이 제약된 빌런에게 뛰어가 목에 가차 없이 카타르를 꽂았다.

이미 그들의 방어구가 자신의 공격도 막아낼 정도로 견고한 것임을 알기에 철저하게 방어구가 보호하지 않는 부위만 노렸다.

"큭!"

재식의 공격을 받은 빌런이 단말마 신음을 내뱉으며 바닥에 쓰러졌다.

즉사라는 걸 확인하지 않아도 알 수 있기에 재식은 바로 다른 빌런에게 다가갔다.

재식이 한 명씩 수를 줄일수록 빌런들은 처음 계획과 다르게 자신들이 목숨을 잃을 것이라 직감했다.

작전대로 일이 잘 풀렸다면, 이미 기습에 성공해 전리품을 챙기고도 남았을 시간이었다.

"크헉!"

마지막 남은 빌런이 재식의 카타르에 심장이 꿰뚫려 사망하며, 레볼루션 클랜원들은 목숨을 부지할 수 있었다.

쿵!

빌런들을 모두 죽인 후, 아직도 살아남은 트롤 한 마리도 재식이 처리했다.

"하악, 하악."

전투가 끝나자 재식은 숨을 헐떡이며 이마에 송골송골 맺힌 땀방울을 오른손으로 거칠게 쓸었다.

마력의 활성화로 흥분한 나머지 심장에서 생성된 마력을 마구잡이로 사용하는 바람에 지칠 수밖에 없었으리라.

"누구신지는 모르지만, 도움을 주신 것에 다시 한 번 감사 인사를 드립니다."

태형은 전투가 끝나기 무섭게 숨을 거칠게 몰아쉬는 재식의 곁으로 다가가 인사를 건넸다.

전투 중에 짧게 말을 건네긴 했지만, 목숨을 부지했으니 다시 정중하게 감사 인사를 전한 것이었다.

"전 레볼루션 클랜의 클랜장인 윤태형이라고 합니다."

"부클랜장인 최수형입니다. 정말 고맙습니다."

윤태형의 인사가 끝나자, 최수형도 서둘러 감사 인사를 전했다.

고개를 숙인 채 숨을 고르던 재식은 왠지 익숙한 목소리가 들려오자, 고개를 들어 최수형을 바라봤다.

"어! 최수형?"

드디어 최수형을 알아본 재식은 깜짝 놀라서 소리쳤다.

'응? 뭐지?'

하지만 최수형은 갑자기 자신의 이름을 부르는 낯선 헌터의 반응에 고개를 갸우뚱할 뿐이었다.

그러자 재식은 피식 웃음을 터뜨렸다.

"대방동 사는 최수형이지? 성남 중학교와 성남 고등학교를 졸업했고."

"뭐야, 수형이를 아는 사람이었어?"

재식이 최수형의 인적 사항을 술술 읊어 대자 태형이 질문을 꺼냈다.

뜻밖의 장소, 뜻하지 않은 상황에서 참으로 기적적인 인연이 아닐 수가 없었다.

2. 레볼루션 클랜과 합동 사냥

재식이 최수형의 이름을 언급하며 아는 척하자, 장내의 사람들은 한순간에 얼어붙은 것처럼 조용해졌다.

그리고 당사자를 제외한 모든 이들의 시선이 최수형에게 집중됐다.

"저를 아시는 분인 것 같은데, 누구신지……."

최수형도 클랜원들을 도와 트롤과 빌런을 처치한 의문의 헌터가 자신에게 친한 척하자 깜짝 놀란 눈치였다.

"야, 너는 동창 목소리도 못 알아보냐! 나 재식이야, 정재식."

재식은 얼굴을 가린 헬멧을 벗으며 미소를 지어 보였다.

"어? 정재식이라고?"

"그래. 힘들게 사느라 많이 삭았겠지만, 네가 아는 그 정재식이 맞아."

재식의 맨얼굴을 요리조리 뜯어보던 수형은 깜짝 놀라면서도 무척 반가운지 표정이 급격히 밝아졌다.

재식은 수형이 자신을 기억해 내자 웃는 얼굴로 손을 내밀었다.

"이런 곳에서 널 만날 줄은 몰랐는데, 정말 반갑다."

재식은 가정 형편 때문에 친구들이 몇 없었다.

그런데 중학교 시절 무척이나 가깝게 지낸 친구를 보게 되자 너무 반가웠다.

"그래. 나도 마찬가지야. 와, 도대체 이게 얼마만이야?"

재식이 내미는 손을 맞잡은 수형의 입가에도 웃음이 번졌다.

뜻하지 않은 장소에서 오랜만에 보는 친구가 반가운 건 물론이고, 재식이 자신을 위기에서 구해준 것이 너무 신기했다.

"그동안 어떻게 살았어? 일단 헌터가 된 건 알겠는데."

"하하하, 여기서 말하기엔 너무 기니까, 나중에 다시 얘기하자."

"아참, 그것도 그러네. 그나저나, 네 동료들은 어디 있어? 네가 우릴 도왔으니까, 인사라도 해야지."

재식이 혼자 등장한 걸 알지만, 수형은 그에게도 당연히 동료가 있을 거라 생각했다.

그도 그럴 것이, 이곳 북한산 던전은 헌터들 사이에서 중급 이상의 사냥터로 알려진 곳이기 때문이었다.

특히, 위험 분류 3등급부터 5등급까지의 몬스터가 주로 서식하고, 아주 가끔은 6등급 몬스터까지 나올 정도로 위험한 곳이었다.

그런 이유로 으레 그렇듯이 최소한 파티 단위로 몬스터를 사냥할 수밖에 없는 던전이었다.

하지만 6등급 몬스터가 뜨는 날에는 다들 뒤도 돌아보지 않고 도망쳤다.

아무리 5급 이상의 헌터가 포함된 파티라 하더도 위험 분류 6등급 몬스터는 솔직히 사냥하는 게 불가능했다.

물론, 헌터 중에서 종종 네임드 몬스터처럼 특별한 존재가 등장하기도 하지만, 기본적으로 헌터는 같은 등급의 몬스터와 1:1이 불가능했다.

몬스터와 같은 등급을 주는 것은 어디까지나 그 등급의 몬스터에게 타격을 줄 수 있다는 의미에 불과하기 때문이었다.

그렇기 때문에 최수형은 재식 혼자 북한산에 들어왔을 거라는 생각 자체를 하지 못했다.

"아, 난 파티 없어. 솔플 중이야."

필요에 의해 임시 파티나 공대에 들어가기도 하지만, 재식은 솔로 플레이를 지향했다.

하지만 그건 재식이 하고 싶어서 그렇게 된 것은 아니었다.

일견 혼자 사냥하면 전리품을 독식하니 좋을 것 같지만 사실은 그렇지 않다.

여럿이 처리할 일을 혼자 모두 감당하는 건 그만큼 어렵고 위험한 일이었다.

우선은 사냥감인 몬스터를 찾는 것에부터 몬스터와의 전투, 안전하게 던전을 빠져나가는 것에 이르기까지 그 누구도 재식에게 도움을 주지 않는다.

또한 몬스터의 수가 너무 많으면, 아무리 자신보다 등급이 낮은 몬스터라 해도 위험할 수 있기에 적당한 숫자의 몬스터를 다시 찾아야 하는 수고를 감내해야 했다.

솔직히 재식이 아니라 일반적인 중급 헌터라면 혼자서 던전에 들어올 엄두도 내지 않았을 것이다.

더욱이 헌터의 생명을 위협하는 것은 몬스터뿐만이 아니다.

조금 전 레볼루션 클랜을 습격한 빌런이야말로 헌터에게는 천적과도 같은 존재였다.

그러니 정상적인 헌터라면 솔로 사냥을 염두에 두지 않는다.

"뭐? 그게 정말이야? 어떻게……."

재식의 답변에 수형은 물론이고, 레볼루션 클랜의 헌터들 모두가 깜짝 놀랐다.

그러거나 말거나, 재식은 담담한 표정으로 이야기를 이어 나갔다.

"나도 솔플이 좋아서 고집하는 것은 아니야. 위험하다는 걸 잘 알지만, 어쩔 수 없어서 이러는 거야."

몇 년 만에 친구를 만나서 한껏 밝아진 게 무색할 정도로 재식의 표정이 급격이 어두워졌다.

"무슨 문제라도 있는 거냐?"

수형은 질문할지 말지 고민하다가, 아주 조심스럽게 말을 꺼냈다.

재식은 주변에 듣는 귀가 많기 때문에 말을 꺼내는 걸 망설였지만, 수형이라면 어디 가서 함부로 입을 놀리지는 않을 거라는 확신이 있었다.

재식은 수형에게 더 가까이 붙으라는 제스처를 보낸 뒤, 그의 귀에 작은 목소리로 소곤거렸다.

"너 혹시 최충식이라고 기억하냐?"

"최충식?"

수형은 잠시 이름을 곱씹으며 중얼거리다 문득, 생각나는 게 하나 있었다.

중학교 시절, 일진이랍시고 건들거리며 다니던 놈을 부르는 별명이었다.

"최충치 말이냐?"

"그래. 개망나니 최충치."

"그 씹새는 왜?"

"그놈 요즘 잘나가잖아."

"하아, 광고 때리는 거 말하는 거지? 나도 오가다 몇 번 봤어. 아마 성신 길드였나?"

"맞아. 성신 길드에서 미는 차세대 레이드 팀의 리더야."

몇 달 전에 겪은 일들이 떠오르자 재식의 표정은 조금 전보다 더 굳어졌다.

수형은 재식이 중학교 시절 일진 놀이를 하던 최충식에게 뭔가 당했다고 판단했다.

"뭔 일이라도 있던 거냐?"

수형이 조심스럽게 질문을 던졌으나, 재식은 미간을 찡그리며 고개를 흔들었다.

괜히 최충식과의 일을 떠벌여서 좋을 것은 하나도 없다는 생각이 불쑥 들었기 때문이다.

성신 길드에서 쫓겨나던 날, 백강현은 자신을 불러 엄중하게 경고했다.

약간의 위로금을 던져 주며 하던 말… 그것은 단순한 경고가 아니었다.

백강현은 성신 길드에서 겪은 불미스러운 일이 외부에 퍼지면, 그 결과가 어떨지는 상상에 맡기겠다 말했다.

재식은 최악의 경우, 부모님까지 가만두지 않을 수도 있다는 생각을 지울 수가 없었다.

당시에 마주한 백강현의 모습은 요즘도 종종 재식의 꿈에 나타나 그를 두렵게 만들었다.

그렇기에 재식은 실수로라도 성신 길드를 언급할까 싶어 웬만하면 파티나 공대에 들어가지 않고 혼자 사냥했다.

그런데 그런 안 좋은 일에 오랜만에 만난 친구를 끌어들일 수는 없었다.

"아니야. 신경 써줘서 고마운데, 그 일은 나중에 얘기할 수 있을 때가 있을 거야. 그보다는 네 동료들도 소개 좀 해주라."

수형은 그제야 자신이 오랜만에 만난 친구로 인해 클랜원들을 뒷전으로 미뤄두고 있다는 걸 깨달았다.

"아차, 미안해."

수형은 얼른 고개를 돌려 친구이자 레볼루션 클랜을 이끄는 윤태형을 소개해 주었다.

"여긴 우리 레볼루션 클랜장인 윤태형."

"안녕하세요. 다시 한 번 인사드립니다. 윤태형이라고 합니다."

"반갑습니다. 수형이 중학교 친구인 정재식입니다."

수형은 윤태형을 시작으로 레볼루션 클랜원들을 한 명씩 재식에게 소개했다.

인사를 마친 재식은 클랜원들 사이가 유독 친밀한 것을 눈여겨보다가 최수영에게 질문을 던졌다.

"클랜원들과 오랫동안 함께한 거야?"

"아, 그런 셈이지. 실은 우리 클랜은 대학교 헌터 동아리에서 출발했거든."

처음에는 동아리로 가볍게 시작한 이들은 레벨이 오르자 헌터라는 직업에 투신할 뜻을 세웠다.

결정을 내린 이들은 대학교를 중퇴한 뒤, 본격적으로 헌터 일을 업으로 삼기 위해 클랜 등록을 진행했다.

그러다 보니, 여느 헌터 파티나 공대에 비해 유대감이 남다를 수밖에 없었다.

"그러니까 네 말은 여기 있는 모두가 같은 대학 출신이라고?"

"응. 그렇지, 뭐. 중간에 헌터가 되기 위해 학교를 그만두기는 했지만 말이야."

수형은 멀쩡히 다니던 대학교를 중퇴한 것에 미련이 없는지 아무 것도 아니란 식으로 담담하게 말했다.

하지만 몇몇의 표정이 약간 어색하게 굳는 것을 확인할 수 있었다.

아마 대학을 졸업하지 않고 중간에 그만둔 것에 대해 조금은 미련이 남는 모양이었다.

재식은 대충 그러려니 여기며 별다른 말은 꺼내지 않았다.

이들이 대학교를 중간에 자퇴하든 복학하든 자신과는 상관없는 일이기 때문이었다.

"그나저나, 넌 무슨 깡으로 여길 혼자 들어온 거냐?"

수형은 아까부터 궁금하던 것을 물었다.

아무리 실력이 좋다지만, 몬스터 서식지에서 혼자 돌아다니는 것은 무척이나 위험한 일이라 걱정될 수밖에 없었다.

"뭐, 그렇게까지 염려할 것도 없어. 위험한 것은 꼭 피하고, 안전한 사냥을 최우선으로 챙기거든."

"아니, 아무리 그래도 그렇지."

재식은 수형이 걱정하는 이유가 몬스터 때문이 아니라 빌런이라는 걸 알아차렸다.

그런데 솔직히 재식은 몬스터보다 빌런을 상대하는 게 더 편했다.

최충식의 농간으로 생체 실험을 당한 재식은 성신 제약 연구소에서 각종 테스트를 받았다.

적응 훈련과 병행해 자신의 신체에 능력을 파악하기 위해 자원한 것인데, 테스트를 받는 도중 재식은 자신의 능력이 대형 몬스터나 가죽이 단단한 몬스터에게는 힘을 발휘하지 못한다는 것을 깨달았다.

하지만 중형이나 소형, 인간형 몬스터와 같이 외피가 얇은 몬스터에게는 효과가 있다는 것을 알아차렸다.

그리고 그건 현장 실전 테스트를 거치면서 극명하게 드러났다.

연구소에서는 단편적으로 짐작만 하던 것이 실전을 거치면서 확실해진 것이었다.

그 뒤로 재식은 성신 길드를 나와 몬스터를 사냥하더라도 자신이 사냥할 수 있는 몬스터만 노리며 솔로 헌팅을 계속해 왔다.

결국, 성신 길드의 견제에서 살아남기 위해 자구책을 마련하다 보니 솔로 사냥을 전문적으로 하는 프리랜서 헌터가 될 수밖에 없었다.

하지만 재식은 자신의 현재 상황에 큰 불만이 있는 건 아니었다.

욕심만 버리면 지금도 충분히 먹고 살 수 있었고, 부모님을 모시는 데도 전혀 부족하지 않는 수익을 거둘 수 있기 때문이었다.

아니, 부족하지 않은 수준이 아니라, 평범한 중급 헌터가 단기간에 벌 수 없을 정도의 큰돈을 벌었다.

그뿐만 아니라 이런저런 일들이 전화위복으로 이어지며 생체 실험 때문에 얻은 부작용도 해소할 수 있었고, 5클래스 흑마법사인 챠콥의 기억과 지식을 습득하기까지 했다.

만약 그 지식을 전부 채득할 수 있다면, 아마 재식은 일반적인 헌터들과는 궤를 달리하는 헌터로 거듭나게 될 게 분명했다.

물론, 그것은 아직도 먼 훗날의 일이지만, 어찌 됐든 재식은 현재 자신의 상황에 부족함을 느끼지 않았다.

그렇기에 혼자서 이 위험한 북한산에 트롤을 잡기 위해 들어온 것이었다.

덕분에 다른 이들의 위기를 보고 뛰어들었다가 친구를 만나는 행운도 얻었다.

"그나저나, 오랜만에 만나니까 진짜 너무 반갑다."

"나도 마찬가지야. 그런데 난 이제 사냥하러 가봐야겠다."

재식의 작별 인사에 수형은 깜짝 놀랐다.

"뭐? 왜? 이것도 인연인데, 같이 사냥하자. 너도 트롤 사냥하러 온 거 아냐? 우리랑 같이 하면 위험도 줄고 사냥도 빠르잖아."

수형은 말을 이어 나가며 클랜장인 태형을 돌아봤다.

그러자 태형이 눈치 좋게 끼어들며 한마디 덧붙였다.

"나도 수형이 말대로 하는 게 좋을 거 같아."

"음……."

재식은 신음 소리를 내며 잠시 고민에 빠졌다.

그러자 수형은 재식이 망설이는 작은 틈을 비집고 들어가겠다는 듯이 서둘러 말을 꺼냈다.

"재식아, 내 제안대로 하자. 빌런 놈들이 자주 출몰한다는 소문이 있는데, 그걸 아는 상황에서 널 혼자 보내는 게 마음이 좋지 않아."

수형은 반론을 제기할 수 없는 논리를 내세우며 재식을 설득했다.

레볼루션 클랜도 트롤 사냥 도중에 여섯 명의 빌런이 습격하는 통에 죽을 뻔한 고비를 넘겼다.

만약 재식의 도움이 없었다면 큰 낭패를 보았을 게 분명했다.

재식이 혼자서 트롤을 사냥하고 있을 때 빌런 무리가 나타난다면 사냥은 물론이고, 생명도 장담할 수 없을 것이다.

"그리고 네가 잡은 빌런들의 현상금은 챙겨야 하지 않겠어?"

재식이 끝까지 망설이자, 수형은 빌런의 목에 걸린 현상금까지 언급하며 그를 붙잡았다.

헌터를 위협하는 빌런의 존재는 어느 국가의 헌터 협회나 정부에게 큰 골칫거리가 아닐 수 없었다.

그렇기 때문에 각국 정부와 헌터 협회는 빌런에게 현상금을 걸어뒀다.

협회는 레벨과 등급, 빌런이 저지른 범죄의 경중 등 여러 가지 정보를 취합해 현상금을 건다.

실력이 뛰어나고 심각한 범죄를 저지를수록 현상금이 늘어나는데, 이름이 널리 알려진 빌런의 경우에는 수천만 달러에서 수억 달러에 달할 정도로 어마어마한 현상금이 걸려 있었다.

그리고 방금 전에 재식이 잡은 빌런들의 실력이 레볼루션 클랜원보다 뛰어났다는 걸 생각하면, 적지 않은 현상금이 걸려 있으리라는 건 분명했다.

게다가 레볼루션 클랜이 북한산 던전으로 사냥을 나오기 전부터 이곳에서 활동하는 빌런들의 소문이 도는 중이기 때문에 현상금이 책정되기 전도 아닐 터였다.

더욱이 이미 헌터들 사이에서 소문이 돌 정도면 흔한 잡범은 아니란 소리다.

"명인 제약에서 북한산 던전에서 트롤의 피를 채취하는 게 힘들어 졌다면서 투덜거리더라. 그건 지금 만난 빌런들이 끝이 아니라는 뜻이 분명해."

북한산 던전은 트롤이 출몰하는 지역으로 잘 알려져 있기에 많은 헌터들이 트롤의 혈액을 채취하러 오는 곳이었다.

그런데 빌런들로 인해 트롤 혈액 공급에 차질이 빚어졌다.

공급이 아예 되지 않는 것은 아니지만, 트롤 혈액의 가격이 올라가는 것은 피할 수 없었다.

그러다 보니 이번에 명인 제약은 레볼루션 클랜에 평소보다 많은 양을 요구한 건 당연한 일이었다.

"그래. 그럼 오늘 하루만이라도 함께하는 게 좋겠네."

재식은 자신을 걱정하는 친구의 마음 씀씀이가 기꺼웠다.

또한 자신이 잡은 빌런의 현상금도 포기하고 싶지 않았다.

"잘 생각했어. 혼자 사냥하는 것보다는 여러 명이 함께하면 분명 도움이 될 거야. 사냥도 사냥이지만, 훨씬 안전하니까."

수형은 오랜만에 만난 재식이 혼자 사냥하겠다고 고집을 부리면 어쩌나 못내 걱정됐는데, 오늘만이라도 함께 다니겠다는 말에 안심이 됐다.

'정말 프리랜서로 활동할 줄이야. 그럼 한 번 클랜에 영입해 보는 것도 나쁘지 않을 텐데……'

사실, 수형은 며칠 전 누나에게 재식의 소식을 전해 들었다.

중급 헌터로 활동하는 것 같은데, 길드나 공대 소속이 아닌 프리랜서라고 하기에 수형은 만약 재식을 만나면 클랜에 끌어들일 마음을 먹었다.

하지만 이야기하는 도중, 재식이 무엇 때문인지 클랜 가입을 꺼린다는 것을 알아차렸다.

직접적으로 말하지는 않았지만, 아마 최충식과 연관이 있을 듯싶었다.

더 물어보고 싶은 마음도 있지만, 재식이 성신 길드를 언급하는 바람에 더는 말을 꺼낼 수 없었다.

재식이 한때 성신 길드에 가입했다가 중간에 탈퇴했고, 그것이 혼자 사냥을 하는 이유라면 굳이 물을 필요가 없기 때문이었다.

친구를 오랜만에 만난 반가움, 그리고 위기에서 구해준 것에 대한 고마움 등 여러 가지 감정이 복잡하게 뒤섞이던 수영은 최종적으로 미안한 마음이 들었다.

분명 재식 혼자서 고생하고 있을 텐데, 더 적극적으로 돕지 못하는 점이 안타까웠다.

친구 수형의 강력한 권유와 더불어 클랜장인 태형이 직접 붙잡는 통에 재식은 얼떨결에 레볼루션 클랜과 함께 사냥하게 됐다.

스윽. 스윽.

재식과 레볼루션 클랜은 또다시 트롤을 찾아 움직였다.

하지만 점심시간이 지나도록 트롤의 흔적은 발견되지 않았고, 이들은 휴식 겸 식사를 해결하기 위해 걸음을 멈췄다.

레볼루션 클랜원들은 적당히 모여 아무렇게나 자리를 잡고 앉아 허겁지겁 가져온 음식을 나눠 먹었다.

성체 트롤 두 마리와 갑자기 기습을 가한 빌런들을 상대하느라 상당한 에너지를 소진했기 때문이다.

그에 비해 재식은 에너지 바를 하나 까서 먹었다.

그런 재식을 본 수형이 여분으로 남은 도시락 하나를 건넸다.

"야, 겨우 그거 먹고 힘이 나겠냐? 이거 줄 테니까, 그거 놔두고 이거 먹어라."

하지만 재식은 가만히 고개를 가로저었다.

"나는 됐어. 그건 그냥 놔둬. 난 사냥 나오면 이렇게 간단하게 해결하는 게 좋더라. 속도 편하고 움직이는 데 부담이 없잖아."

재식은 자신을 생각해준 수형에게 방긋 미소 지어 보이며 거절의 뜻을 확실하게 내비쳤다.

혼자 사냥하며 버릇이 들었는지, 재식은 언제 어떤 상황에서도 간편하게 먹을 수 있고 빠른 시간 안에 영양을 흡수할 수 있는 에너지 바를 애용했다.

수형이 권한 영양식 도시락에 비해 맛은 덜하지만, 재식은 개의치 않고 꾸역꾸역 에너지 바를 씹어 삼켰다.

"뭐… 네가 그렇다면야. 그런데 그 맛도 없는 에너지 바가 그리 좋냐?"

수형은 절로 고개를 가우뚱하며 물었다.

그 역시 헌터 일을 시작한 초창기에는 값이 싸고 보관과 휴대성이 뛰어난 에너지 바를 자주 먹었다.

하지만 중급 헌터가 되면서부터 에너지 바는 쳐다보지도 않았다.

다른 장점이 뛰어남에도 에너지 바를 멀리한 이유는 다른 게 아니라, 에너지 바 특유의 맛 때문이었다.

밀가루를 압착 프레스로 찍어서 뭉친 것처럼 퍽퍽하고 밍밍한데다, 씹다 보면 에너지 바 특유의 비릿한 향까지 올라왔는다.

그걸 참고 먹는 건 너무 가혹한 일이었다.

조금씩 개선이 된다고 하지만, 원래 영양 공급만 생각한 전투 식량에서 출발한 게 에너지 바다 보니, 그 한계를 벗어나지 못하고 있었다.

돈을 많이 벌지 못하는 하급 헌터일 때야 맛을 포기하더라도 먹고 힘을 낼 수 있는 효율적인 식품이지, 중급 헌터가 돈을 못 버는 것도 아니고 맛없는 것을 억지로 먹을 이유가 전혀 없었다.

최수영을 비롯한 대부분의 중급 헌터들은 몬스터 한 마리를 덜 잡는 셈 치고 맛있는 음식을 먹는 게 훨씬 낫다고 생각했다.

몬스터를 잡는 것도 결국엔 다 잘 먹고 잘살기 위해서이지 않은가.

수형은 맛도 없는 에너지 바를 고집하는 재식을 이해하기가 쉽지 않았다.

하지만 재식의 입장에선 에너지 바나 수형이 권유한 도시락이나 어차피 일장일단이 있을 뿐이었다.

도시락이 에너지 바에 비해 맛은 뛰어날지라도 재식은 자신의 신체적 특징을 고려할 때, 에너지 바의 뛰어난 효율을 택할 수밖에 없었다.

음식의 영양소를 100% 흡수할 수 있는 신체를 가진 재식에게 도시락의 경우, 맛을 내기 위해 첨가되는 여러 향신료는 영양의 밸런스를 떨어뜨리는 주범에 불과했다.

그에 비해 에너지 바는 영양소의 결정체라고 할 수 있을 정도였다.

즉, 같은 양이더라도 에너지 바를 먹으면 훨씬 충실하게 열량을 보충할 수 있었다.

이는 몬스터의 유전자를 시술 받은 뒤, 급속히 떨어지는 체력을 보충해야 하는 재식의 입장에서 가장 합리적이고 경제적인 선택이었다.

물론, 차콥의 마력 접목 실험 이후엔 예전처럼 무식하게 고열량 음식을 대량으로 먹지 않아도 문제없었다.

오크 전사의 마정석은 활성화하지 않더라도 꾸준히 마력을 생산하기 때문에 재식은 예전과 다르게 쉽게 지치지 않을 수 있었다.

그럼에도 불구하고 재식이 에너지 바를 선호하는 건 맛의 차이를 잘 느끼지 못하기 때문일지도 모를 일이었다.

어찌 된 일인지 몬스터의 유전자를 이식받은 뒤로는 어떤 것을 먹어도 역하다거나 맛있다는 느낌을 거의 받지 못했다.

분명 기억에는 맛있는 음식이었지만, 막상 먹어보면 예전처럼 큰 감흥은 없었다.

그렇기에 재식이 음식을 고르는 기준은 얼마나 많은 에너지를 몸에 공급할 수 있는가가 1순위로 바뀌었다.

이러한 사실을 알지 못하는 수형은 아무리 생각해도 자신이 권하는 음식을 먹지 않고, 맛없는 에너지 바를 먹는 재식의 행동을 의아하게 생각할 수밖에 없으리라.

"왜? 싫대?"

들고 간 도시락을 손에 든 채 그냥 돌아오는 수형의 모습에 태형이 물었다.

"괜찮대."

수형은 적당히 대답하며 어깨를 으쓱하더니 자리에 앉아 소불고기 도시락을 먹었다.

비록 친구이지만, 그간 연락하지 않은 기간도 있었고, 뭔가 사연이 있는 듯 보이는 재식에게 이것저것 캐묻기가 어려운 최수형이었다.

"자, 어느 정도 휴식을 취했으니 다시 시작해 보자!"

점심 식사가 끝나자, 윤태형은 기합이 들어간 외침으로 사냥 개시를 알렸다.

그러자 적당히 흩어져 휴식을 취하던 레볼루션 클랜원들은 자리에서 일어나며 내려놓은 무기와 배낭을 챙겼다.

그들이 분주하게 준비하는 걸 발견한 재식도 휴식을 끝내고 자리에서 일어났다.

혼자 사냥하기 위해 꾸린 재식의 짐은 무척이나 단출하기에 레볼루션 클랜원들에 비해 딱히 챙길 것도 없었다.

그런 재식의 모습을 살피던 윤태형의 눈이 반짝였다.

혼자 몬스터를 사냥하는 것도 대단하다 생각했는데, 재식을 보고 있으면 자신들과 같은 중급 헌터라고 생각지 못할 만큼 상당히 능숙한 느낌이 전해졌다.

윤태형은 비록 짧은 기간이지만, 대형 헌터 길드에 몸담은 경험 때문일 가능성이 높다고 여겼다.

실제로 재식이 이렇듯 움직임에 방해되지 않도록 장구류를 챙길 수 있는 것은 모두 성신 길드에 있을 때 배웠기 때문에 가능한 일이었다.

성신 길드의 교육 센터에서는 헌터들의 레이드 훈련뿐만 아니라, 사냥을 떠나기 전의 준비 과정도 가르쳤다.

"형님! 준비 끝났어요."

다른 클랜원들의 준비가 끝나자 정태가 태형에게 다가와

보고했다.

가족 같은 클랜이다 보니 편한 호칭을 쓰며 보고와 명령을 전달하는 게 이들의 스타일이었다.

"그럼 출발하자!"

출발 신호가 떨어지자 척후조 역할을 맡은 최수형과 그 팀원들이 재식을 대동한 채 먼저 움직였다.

척후조가 적당한 거리를 두고 앞장서서 주변을 살피고, 본대인 윤태형의 팀은 그 뒤를 따르며 혹시나 척후조가 놓친 것은 없는지, 척후조의 후방을 노리는 몬스터나 빌런은 없는지 살피는 식이었다.

그렇게 트롤 서식지를 얼마나 돌아다녔을까.

재식이 포함된 척후조는 트롤 한 마리를 발견했다.

오전에 잡은 트롤과 비슷한 크기인 것으로 보아 다 자란 성체가 분명했다.

"트롤 한 마리 발견."

최수형은 헌터 브레슬릿에 대고 읊조렸고, 잠시 후 윤태형의 음성이 들려왔다.

[OK. 대기해.]

척후조는 더 이상 트롤에 접근하지 않고 자리에서 대기하며 끊임없이 주변을 살폈다.

잠시 후, 뒤따라오던 본대가 척후조에 합류했다.

"어디야?"

"아홉 시 방향으로 150미터 지점."
태형은 수형이 손가락으로 가르킨 방향으로 시선을 돌렸다.
그곳에서는 다 자란 트롤 한 마리가 무언가를 맛있게 먹고 있었다.
'흠…….'
트롤의 주변에는 뜯어 먹힌 오크의 시체가 어지럽게 널브러져 있었다.
이를 토대로 미루어 짐작하건대, 트롤이 사냥에 성공해 배를 채우는 모양이었다.
"사냥이 끝난 지 얼마 지나지 않았나 보네."
"그러게. 지금 잡으면 오크의 마정석도 챙길 수 있을 거야."
중급 헌터에게 오크의 마정석은 비록 큰돈은 아니지만, 그래도 한 사람당 100만 원쯤의 공돈은 돌아갈 수 있을 터였다.
"척후조는 열두 시 방향으로 돌아서 주변을 감시해. 본대가 트롤을 덮칠 때 이상이 없으면 바로 합류하고."
한 번 빌런의 습격을 받았기 때문인지 태형의 작전은 신중했다.
"좋아."
수형도 한 번 곤욕을 치렀기에 태형의 작전을 받아들였다.

"우린 돌아서 합류해야 하니까, 먼저 출발할게."

"그래. 도착해서 자리 잡으면 보고해."

"OK."

작전 회의를 끝낸 수형은 자신의 팀원과 재식을 데리고 출발했다.

곁에서 작전 내용을 들었기에 재식은 별다른 질문 없이 묵묵히 수형의 옆에서 걸었다.

수형과 재식이 자리를 잡는 동안에도 트롤은 자신을 노리는 이들이 있다는 것도 모른 채 먹이를 정신없이 먹을 뿐이었다.

적당한 지점에 도착한 척후조는 본대에 연락을 취했다.

"트롤 기준으로 한 시 방향, 30미터 떨어진 지점에 자리를 잡았다."

수형에게서 무전이 오길 기다리던 태형은 남은 인원들과 함께 조심스럽게 이동했다.

곧장 트롤을 향해 달리는 게 아니라, 트롤을 기준으로 일곱 시 방향으로 이동한 후 뛰어갈 생각이기 때문이었다.

혹시라도 트롤이 도망칠 경우도 대비해야 하기 때문에 한 시 방향에 자리 잡은 수영을 염두에 둔 움직임이었다.

만에 하나라도 트롤이 도주를 시도하면 대기 중인 수연이 즉각 퇴로를 막아설 수 있을 터였다.

"하압!"

트롤 가까이 접근한 윤태형은 기합을 내지르며 먼저 달려 나갔다.

태형은 속성 각성자가 아닌 육체 능력 각성자였다.

각성자들 중에서 가장 많은 비중을 차지하는 것이 바로 이 육체 능력 각성자였다.

이들은 맹수의 유전자를 시술을 받은 건 아니지만, 각성 능력에 따라서는 그들보다 더 강력한 능력을 선보이는 사람도 있었다.

그중 한 사람이 바로 윤태형이었다.

그가 각성 능력을 깨우면 그는 순식간에 몸이 풍선처럼 부풀어 오르며 거대해졌다.

하지만 부풀어 오른 신체는 평소보다 단단하고, 강력한 힘을 발휘할 수 있도록 만들었다.

윤태형이 트롤의 관심을 끌면, 남은 클랜원들이 공격하는 방식이 레볼루션 클랜의 기본 전술이었다.

아주 심플한 방법이지만, 이것이 몬스터를 잡는 데 기본이며 가장 안정적인 방법이었다.

"크아아악!"

막 오크의 다리 하나를 집어 입으로 가져가던 트롤은 느닷없이 나타나 자신을 향해 고함을 지르며 달려드는 윤태형의 모습에 벌떡 일어나며 괴성을 질렀다.

식사를 방해받아 화가 난 모양인지, 아니면 오크보다 더

맛 좋은 인간을 발견해서 흥분한 것인지 트롤은 들고 있던 오크의 다리를 바닥에 던져 버렸다.

그러더니 나무에 기대어 놓은 곤봉을 집어 들어 냅다 휘둘렀다.

태형은 트롤이 공격해 오자 방패를 전면에 세워 몸을 가리며 더욱 빠르게 놈의 품을 파고들었다.

쾅!

곤봉은 애꿎은 바닥만 내리쳤고, 속도를 높인 태형은 그대로 트롤과 충돌했다.

"크악!"

트롤은 태형의 실드 차지에 큰 충격을 받은 듯 가슴을 움켜쥐며 비틀비틀 뒷걸음쳤다.

윤태형은 거기서 멈추지 않고 오른손에 든 메이스를 휘두르며 트롤을 몰아붙였다.

퍽! 퍽!

비록 한 손으로 휘두르는 메이스지만, 육체 능력을 활성화한 윤태형의 공격은 그리 가볍지 않았다.

한 방, 한 방이 몸을 타격할 때마다 트롤은 휘청거리며 괴성을 내질렀다.

"크앙, 크아앙!"

윤태형의 공격에 트롤은 정신을 차리지 못하고 고통에 괴로워하며 비명을 지를 뿐이었다.

하지만 이내 팔을 사방으로 마구 휘두르며, 난동을 부렸다.

그제야 고통에서 해방된 트롤은 머리끝까지 화가 났는지 윤태형을 매섭게 노려봤다.

그렇게 트롤의 시선이 윤태형에게 고정되자, 뒤에 남은 인원들은 정태의 신호와 함께 신속하게 전장에 합류했다.

"GO!"

윤태형 팀이 함성을 지르며 달리자, 그와 동시에 대기 중인 최수형 팀도 전투에 합류하기 위해 움직였다.

재식은 달려가는 레볼루션 클랜원들의 후미에 붙어 트롤 레이드를 지켜봤다.

'정석적이지만 그리 효율적이진 않네.'

그게 재식의 솔직한 감상이었다.

그도 그럴 것이, 비교 대상이 성신 길드다보니 레볼루션 클랜의 정제되지 않은 날것 그대로의 움직임이 비효율적으로 느껴질 수밖에 없었다.

단 한 차례 실전 테스트였지만, 성신 길드 예비대 헌터들의 트롤 레이드는 잘 맞물린 톱니바퀴처럼 자연스럽게 이어졌고, 사냥도 순식간에 끝났다.

그에 반해 레볼루션 클랜의 트롤 레이드는 정석이지만 왠지 모르게 덜컹거리는 것처럼 보였다.

'그래도 사냥에 성공하는 데는 문제없겠어.'

레볼루션 클랜의 트롤 레이드를 바라보던 재식은 굳이 자신이 톱니바퀴들 사이에 끼어들어 충돌을 일으킬 필요성을 느끼지 못했다.

대신, 혹시나 다른 돌발 변수가 발생할지 모르기에 주변을 경계하는 데 힘썼다.

3. 아쉬움

재식과 레볼루션 클랜의 합동 사냥은 첫 시작 이후로도 순조롭게 흘러갔다.

중간에 한 번 다른 몬스터가 난입하면서 약간의 혼란을 겪었지만, 그 정도는 전력 외인 재식이 나서서 정리하며 순식간에 해소됐다.

레볼루션 클랜의 입장에서 오늘 하루는 참으로 수월한 사냥이 아닐 수 없었다..

그러나 재식의 입장에선 그렇지 않았다.

레볼루션 클랜과 합류하면서 목표한 트롤 사냥이 쉽게 이루어진 것은 사실이지만, 열 명 규모의 클랜과 수익을 나눠야 한다는 것을 생각하면 그리 만족스러운 성과가 아닌 탓이다.

더욱이 오늘은 위험 분류 5등급의 트롤을 사냥해서 돈을 버는 것뿐만이 아니라, 현재 자신의 능력이 어느 정도인지 파악하기 위한 목적이 더 컸다.

기계적 측정으로 알게 된 신체 능력과 실전에서의 활용도는 다를 수 있기 때문에 목숨을 걸고 몬스터를 사냥하는 헌터에게 자신의 능력을 정확하게 파악하는 것은 무엇보다 중요한 일이었다.

더군다나 재식은 성신 길드의 감시로 인해 다른 길드나 클랜에 들어갈 수 없는 처지였다.

앞으로도 혼자 몬스터를 사냥해야 하는 입장에서 확실하게 안전을 확보하려면, 필수적으로 자신의 능력을 파악해야만 했다.

그렇기에 재식에게 오늘 트롤 사냥은 무척이나 중요한 의미를 가진 사냥이었다.

물론, 레볼루션 클랜이 위기에 빠졌을 때, 재식이 그 싸움에 뛰어들면서 어느 정도 자신의 힘에 대해 알게 되기는 했다.

하지만 이는 레볼루션 클랜이란 변수가 포함된 결과라 정확한 능력을 측정할 수는 없었다.

원래대로라면 빌런들을 소탕한 이후, 레볼루션 클랜과 헤어졌어야 하지만, 몇 년 만에 만난 수형 때문에 어쩔 수 없이 함께 움직이게 됐다.

마음 같아서는 이제라도 따로 떨어져 혼자 사냥하고 싶었다.

하지만 다른 한편으로는 오랜만에 만난 친구와 함께 사냥하는 것도 썩 나쁘지 않다 보니, 어영부영 레볼루션 클랜과 함께 움직이는 중이었다.

하지만 네 마리째 트롤을 잡은 뒤로 점점 레볼루션 클랜의 사냥 속도가 느려지기 시작하는 것이 느껴졌다.

그럴 만도 했다.

점심을 먹으며 쉬었지만, 이들은 자신의 역량을 벗어난 전투를 벌인 후였다.

게다가 빌런들과 난전을 벌이며 사냥한 것까지 합치면 오늘 상대한 트롤만 여섯 마리란 소리였다.

이는 명인 제약으로부터 의뢰받은 트롤 혈액 50리터를 확보하기 위해 무리한 탓이었다.

평소라면 다섯 마리 정도면 채울 수 있는 양인데, 빌런의 습격으로 두 마리를 날리다시피 했기 때문에 트롤을 더 잡을 수밖에 없었다.

그나마 여섯 마리 째에서 목표치를 달성한 것은 재식의 공이 크기 때문이었다.

재식이 트롤의 목을 정확하고 깔끔하게 따 준 덕분에 버리는 양이 크게 줄어들었다.

'내 몫은 없어도 되니까, 그냥 사냥을 마무리하는 게 좋아 보이는데…….'

아직 이른 시간이지만 레볼루션 클랜의 헌터들은 더 이상 트롤 사냥에 적극적이지 않았다.

지치기도 했고, 의뢰받은 물량을 확보했다는 생각에 더 이상 무리해서 사냥할 필요가 없어졌기 때문이다.

그럼에도 일곱 마리째 트롤을 사냥하고 있는 것은 사냥에 합류한 재식이 도움을 준 만큼 충분한 이익을 분배해 주기 위해서였다.

채취한 트롤 혈액의 양이 의뢰받은 50리터는 넘겼지만 재식의 몫으로 떼주기엔 약간 모자라기 때문이었다.

"크아악!"

쿵!

재식의 카타르가 일곱 번째 트롤의 경동맥에 틀어박히자, 놈이 더 이상 버티지 못하고 쓰러졌다.

"피 흘러나온다. 어서 통 가져와!"

태형의 큰 목소리에 클랜원 중 한 명이 트롤을 잡기 위해 한쪽에 벗어둔 배낭에서 살균 통을 집어 들고 돌아왔다.

그는 능숙한 손놀림으로 살균 통을 트롤의 목 부위에 가져다 댔다.

재식은 카타르에 방울져 흘러내리는 트롤의 피를 털어버리며 그 모습을 지켜봤다.

“수고했다, 재식아. 네 덕분에 무사히 사냥을 마칠 수 있었어.”

최수형은 그런 재식의 곁으로 다가와 물을 건네며 말을 건넸다.

“내가 없어도 충분했을 거야.”

“아니, 네가 합류한 덕분에 정말 빠르게 끝난 거야.”

보통 트롤의 혈액 50리터를 구하려면 최소 이틀은 사냥에 전념해야 했다.

이는 트롤을 잡는 것도 힘들지만, 찾는 데에도 시간이 오래 걸리기 때문이었다.

그런데 오늘 하루는 뭔가 되는 날인지 처음부터 트롤 두 마리를 발견했다.

물론, 중간에 잠깐 마가 끼는 바람에 위험한 순간도 있었지만, 마침 그곳을 지나던 재식으로 인해 트롤과 빌런 두 마리 토끼를 모두 잡을 수 있었다.

사실 수형은 빌런 무리와 트롤 두 마리를 별다른 피해 없이 잡았을 때, 너무 지쳐서 오늘 사냥을 그만 끝내고 싶었다.

빌런의 습격 때문에 제대로 피를 받지 못했지만, 트롤 두 마리에서 얻은 피가 10리터가 조금 넘었기에 선방했다곤

할 수 없어도 완전히 공친 것은 아니었다.

다른 날에 좀 더 열심히 하면 의뢰 물량은 충분히 확보할 수 있을 만한 양이기에 클랜 입장에선 어떤 손해도 없었다.

하지만 오랜만에 만난 친구와 헤어지는 것이 아쉬워 함께 사냥하자며 재식을 꼬드겼다.

생각지도 않은 행운은 그때부터 시작됐다.

트롤과 빌런의 습격을 퇴치하면서 많이 지친 레볼루션 클랜은 오전처럼 두 마리의 트롤이 함께 있다면 그걸 잡는 건 무리라고 생각했다.

그런데 그 마음을 누군가 알아주기라도 한 듯 계속해서 트롤이 한 마리씩 발견됐다.

그것도 한 마리를 잡고 나서 조금만 이동하면 또 한 마리가 발견되는 행운이 이어졌다.

트롤을 각개격파 하며 순차적으로 잡다 보니, 명인 제약의 의뢰를 하루 만에 끝낼 물량을 확보하고도 시간이 남았다.

사실상 레볼루션 클랜이 결성된 이후 가장 성공적인 몬스터 레이드였다.

트롤 일곱 마리면, 한 명당 최소 1억 이상은 돌아갈 수 있었다.

그것도 빌런들의 목에 걸린 현상금을 배제한 상태에서 따진 액수였다.

추측컨대, 여섯 명의 빌런에게 걸린 상금도 트롤 정도의 수익이 나올 터였다.

그러니 2억 원 이상의 분배금도 꿈이 아니었다.

그러다 보니 수형이 재식을 바라보는 눈빛은 한없이 반짝였다.

"그런데 넌 어떻게 할래?"

수형은 한창 트롤의 시체에서 피를 받는 클랜원을 지켜보는 재식의 의견을 물었다.

"흠……."

재식은 느닷없는 수형의 질문에 작게 신음성을 흘렸다.

왼팔에 착용한 헌터 브레슬릿을 확인하니, 네 시가 조금 넘은 시각이었다.

사냥을 더 하기도, 그렇다고 이대로 끝내기도 애매한 시간이었다.

금방 트롤을 찾을 수 있다면 모를까, 그게 결코 쉬운 일이 아니었다.

트롤이 고블린이나 코볼트처럼 흔한 몬스터도 아니고, 오크처럼 무리를 지어 다니는 몬스터도 아니었다.

트롤은 각 개체마다 일정한 영역을 가지고 생활하는 포식자였다.

그러니 트롤을 사냥하려면 죽은 트롤의 영역을 벗어나 다른 놈의 영역을 찾아야만 했다.

그런데 트롤의 영역이란 게 인간이 구별하기 쉽게 딱딱 나뉜 것도 아니고, 헌터가 사냥하기 편하게 경계 가까이 붙어 있는 경우도 적었다.

재수가 없으면 경계의 끝과 끝에 트롤이 위치한 경우도 발생할 수 있었다.

고민을 거듭하던 재식은 수형이 자신에게 다가와 굳이 이런 말을 건넨 이유를 짐작해 그의 바람에 부응하듯 대답했다.

"시간이 애매하니 오늘은 그만 나가야 하지 않겠냐?"

재식은 은근슬쩍 너희도 사냥을 끝내려는 것 아니냐는 뉘앙스를 담아 물었다.

"응. 그렇지 않아도 제약 회사로부터 받은 의뢰도 끝났고, 오늘 좋지 않은 일도 겪었잖아. 그래서 다들 일찍 마치고 쉬자는 얘기가 나왔다."

'제약 회사의 의뢰라…….'

재식은 레볼루션 클랜의 짐에서 살균 통을 발견했을 때 대충은 짐작했다.

재식도 성신 길드에 잠깐 몸담았기에 제약 회사에서 헌터들에게 의뢰하는 방식에 대해 어느 정도는 아는 바가 있었다.

트롤 혈액의 경우, 성신 길드처럼 대형 길드라면 한 번

의뢰에 수백에서 수천 리터 단위의 거래를 진행한다.

하지만 소규모 파티나 공대 등에 의뢰할 때는 보통 100 리터 이하로 발주한다고 들었다.

이는 규모의 차이로 인해 소규모 파티나 공대 등이 물리적으로 채취할 수 있는 혈액 양에 한계가 있다는 문제도 있지만, 사냥 후 트롤의 혈액을 보관하는 시설의 유무도 빼놓을 수 없었다.

길드야 기업에서 후원을 받는 경우가 대부분이라, 의뢰 목표를 채울 때까지 채취한 혈액을 상하지 않게 보관할 수 있는 창고가 있었다.

하지만 클랜이나 공대의 경우, 창고를 따로 가지고 있는 곳 자체가 드물 뿐더러, 창고를 보유했다고 해도 그 규모는 헌터 길드에 비해 무척이나 작았다.

몬스터의 사체나 혈액 등을 장기 보관하기 위해선 특별한 설비가 필요하고, 그것을 설치하고 운용하려면 비용이 만만치 않기 때문에 어쩔 수 없는 일이었다.

그렇다 보니, 애초에 중소 규모의 파티나 클랜은 많은 수량을 의뢰받을 수가 없었다.

그런데 레볼루션 클랜이 50리터의 의뢰를 받았다는 건 창고를 보유하고 있을 가능성이 매우 높았다.

50리터를 한 번에 채혈할 수 없다면, 먼저 가져온 혈액을 보관할 필요가 있기 때문이었다.

'클랜의 규모를 키워서 길드로 발돋움하려는 건가? 나쁘지 않지.'

재식의 추측처럼 레볼루션 클랜은 점점 성장해 나갈 미래를 대비해 나름 돈을 투자해 소형 창고를 보유한 상태였다.

그렇기 때문에 다른 소형 클랜에 비해 제약 회사의 의뢰를 조금 더 큰 단위로 받을 수 있었다.

물론, 소규모 긴급 의뢰도 받고 있지만, 큰 자금줄은 명인 제약과 같은 기업과의 거래였다.

"아, 예비로 가져온 통이 없는데, 조금 아쉽네요."

트롤의 피를 받던 클랜원이 입맛을 다셨다.

그의 말을 들은 수형은 사냥의 결과가 무척 만족스럽다는 듯 입가에 미소를 머금었다.

의뢰주가 만족할 모습이 눈에 선하자, 기분이 더욱 좋아졌다.

"명인 제약으로부터 트롤 혈액 50리터를 구해 달라는 긴급 의뢰였는데, 네 도움으로 하루 만에 끝낼 수 있었어. 정말 고맙다."

"그렇다면 다행이네."

수형의 입장에선 무척 특별한 일이기에 진심을 담아 건넨 말이지만, 재식은 생색을 내거나 우쭐해하기보다는 별일 아니라는 듯 대답했다.

아니, 정말 실제로 대단하지 않은 일이라고 생각했다.

재식은 레볼루션 클랜과 함께 트롤을 찾고 사냥하면서 힘들다는 느낌은 받지 못했다.

별로 고생하지도 않았는데 생색을 낸다는 것은 재식의 성격에 맞지 않았다.

하지만 그런 재식의 모습에 수형은 오랜만에 만난 친구를 의미심장한 눈빛으로 바라봤다.

며칠 전, 누나에게 중학교 동창인 재식을 만났다는 얘기를 들었을 때만 해도 그냥 흘려들었다.

그뿐만 아니라, 재식이 헌터로 활동하다가 미발견 게이트를 발견해 돈 좀 벌었다는 이야기와 협회 의뢰를 맡아 던전을 탐사하던 중 고블린에게 잡혔다는 이야기까지 나오자 듣는 둥 마는 둥 했다.

헌터 협회 일이라 자세한 이야기를 묻지 못할 게 뻔하기 때문이었다.

게다가 고블린에게 붙잡혔다는 것은 실력이 그리 뛰어나지 않다는 의미이기에 재식의 이름을 새겨들을 필요가 없었다.

누나에게 들은 것이 있기에 도움을 받았을 때엔 재식이 실력이 뛰어나 자신들을 도왔다는 생각보다는, 자신들이 트롤 사냥 중 빌런의 출현으로 손발이 어지러워진 것처럼 빌런들을 당황하게 만든 것이라 여겼다.

그래서 고블린에게 포로가 될 정도의 실력뿐인 재식 홀로 위험한 북한산 던전을 돌아다니게 내버려 두는 것보다는 일행에 합류시키는 게 안전하다고 판단했다.

돌이켜보면 자신이 재식을 잘못 봐도 한참 잘못 보고 있었다는 걸 알 수 있었다.

자신의 착각을 깨달은 수형은 재식에게 어떻게 이야기를 꺼낼지 고민하다가 그냥 고맙다는 말과 함께 그의 의향을 물어본 것이었다.

재식이 보인 담백한 반응에 새삼 그가 어떤 사람인지 파악할 수 있었다.

헌터로 생활하다보면 정말 별의별 악질적인 인간 군상을 보기 마련인데, 가장 흔한 부류가 누군가의 호의를 이용해 먹으려는 놈들이었다.

그런데 재식은 전혀 그럴 생각이 없다는 듯 덤덤했다.

'중학교 때도 이런 성격이었지. 그래서 친구는 몇 없었지만…….'

최수영은 마음 같아서는 밖에 나가서 술이라도 한잔하면서 그동안의 밀린 이야기를 나누고 싶었다.

무엇보다 무슨 이유로 다른 길드나 공대에 들어가지 않고 혼자 사냥하는 것인지 자세하게 듣고 싶었다.

잠깐 동창인 최충식 때문이라는 언급을 들었지만, 이미 졸업하고 성인이 된 지금에 굳이 그런 양아치의 눈치를 보면서 다른 길드에 들어가지 않을 이유가 전혀 없었다.

최수영은 혹시나 뭔가 도울 일이 있다면, 재식에게 도움이 되고 싶었다.

그러나 재식은 그 이야기를 더 이상 말하고 싶지 않은지, 낮에도 수형의 물음을 슬쩍 회피하는 모습을 보였다.

한참을 망설이던 수형은 마침내 결심을 다지고, 입을 열었다.

"저기, 재식아. 아까 하던 말……."

수형이 재식에게 무언가 제안을 꺼내려는 그때, 저 멀리서 태형이 수형을 부르는 목소리가 들려왔다.

"수형아!"

"클랜장이 너 부른다."

재식은 굳이 친구라 칭하지 않고, 클랜장이라는 단어를 썼다.

현재 레볼루션 클랜의 부클랜장을 맡은 수형의 위치를 자각시킴으로써 관심을 돌리자는 판단 때문이었다.

이는 방금 전 수형이 무슨 말을 꺼내려는 것인지 짐작하고 미리 말을 막은 것이다.

굳이 알려져 봐야 듣는 수형이나 그가 속한 클랜에 아무 도움도 되지 않을 테고, 자신과 부모님도 위험해질 수 있었다.

"아, 그래. 그럼 못다한 이야기는 나중에 다시 하자."

재식이 더 이상 민감한 주제에 대해 논하는 것을 피하는 듯한 반응을 내보이자, 수형은 어쩔 수 없이 이야기를 마무리하며 자신을 찾는 태형에게 달려갔다.

'괜히 내 사정 알아봐야, 너나 네가 속한 클랜만 힘들어져.'

재식은 자신의 동료가 있는 곳으로 달려가는 수형의 뒷모습을 바라보며 속으로 중얼거렸다.

물론, 수형이 자신의 사정을 알게 된다고 꼭 문제가 발생한다는 건 아니었다.

수형은 아직 레벨은 낮지만 두 가지 속성을 다룰 수 있는 복합 속성 각성자였다.

'만약 이 사실이 알려지면 협회는 물론이고, 다른 대형 길드에서 영입하기 위해 몰려들겠지. 그럼 성신 길드의 위협은 별 게 아닐 수도 있어. 게다가…….'

최수형의 누나는 협회 직속 헌터였다.

그중에서도 속성 능력자들만 모은 팀 유니콘의 5전대를 맡은 전대장이다.

비록 완편된 상황은 아니지만, 몬스터의 시선을 확실하게 끌어줄 수 있는 탱킹 능력자만 갖추면 숫자는 적어도 완벽한 조합으로 당장 레이드를 뛸 수도 있을 터였다.

그렇기 때문에 협회에서도 최수연이 맡은 5전대를 관심 있게 지켜보는 중이니, 최수형의 배경이나 능력은 성신 길드라도 쉽게 볼 수 있는 것은 아니었다.

하지만 재식은 수형에게 그런 배경이 있더라도 100% 안전하지는 않다고 생각했다.

성신 길드는 몰라도, 성신 길드의 길드장인 백강현은 어떻게 나올지 모른다.

문제를 사전에 차단하려면 언급하지 않는 게 최선이었다.

4. 다이어 울프

합동 사냥을 마친 재식은 래볼루션 클랜과 함께 북한산 던전을 나왔다.

"정말 우리랑 함께 가지 않을 거냐?"

최수형은 진한 아쉬움을 드러내며, 재차 재식에게 함께 돌아가자는 제안을 건넸다.

하지만 재식은 고개를 좌우로 저으며, 그의 권유를 뿌리쳤다.

"그래. 조금 전에도 말했다시피, 나랑 함께 해봐야 네 클랜에 좋을 게 전혀 없어. 나중에 내가 성신 길드의 눈치를 보지 않을 정도가 되거나, 아니면 레볼루션 클랜이 그 정도 위치가 되어야……."

재식은 이야기하다 말고, 말끝을 흐리며 입을 닫았다.

최수현도 계속해서 완고히 제안을 거절하는 재식의 막무가내식 태도에 어쩔 도리가 없었다.

'클랜이 길드가 되는 건 제쳐 놓고, 아무 기반도 없는 길드가 성신 길드를 어떻게 따라잡겠어.'

최수현은 쓴웃음을 지어 보이며 고개를 끄덕였다.

아닌 게 아니라, 성신 길드는 일본에서 위험 분류 8등급인 야마타노 오로치 레이드에 성공하며, 현재 국내 헌터 길드 랭킹 1위인 화랑이나 2위인 신성 길드의 아성에 버금갈 정도로 규모나 인지도가 크게 향상된 상태였다.

특히, 백강현은 야마타노 오로치 퇴치 이후, 길드의 규모를 키우기 위해 그동안 높은 기준으로 깐깐하게 행하던 헌터 모집의 기준을 크게 완화해 많은 수의 헌터들을 대거 받아들였다.

그때, 아주 의외인 일이 벌어졌다.

그건 바로 일본의 헌터들이 성신 길드의 문을 두드리며 가입 문의를 해왔다는 점이었다.

성신 길드는 내부적으로 회의를 거친 뒤, 문제가 되지 않는다고 판단했는지 일본 출신 헌터들도 성신의 그늘 아래 뒀다.

그런데 그 일보다 더 이해할 수 없는 것은 일본 정부와 헌터 협회의 반응이었다.

대격변 이후 군대는 더 이상 제 기능을 다하지 못하는 실정이었다.

군대의 임무는 국경을 지키고, 국가를 위협하는 위험으로부터 국민의 재산과 생명을 지키는 것이었다.

하지만 현대 사회에서 국민의 생명과 재산을 노리는 것은 다른 국가가 아니라, 언제 어디서 나타날지 모르는 차원 게이트와 그곳에서 쏟아지는 몬스터였다.

그렇기 때문에 군인의 주된 임무는 몬스터가 출현해 던전이 생긴 곳에 외벽을 쌓고 지키는 것에 그치게 됐고, 괴물을 처치하는 것은 헌터의 몫으로 남겨졌다.

그러다 보니 헌터는 국가에 무척이나 중요한 자원이자 국력을 측정하는 하나의 척도였다.

그런데 일본은 자국의 헌터가 타국의, 그것도 어쩌면 잠재적 적성 국가라 칭할 수 있는 복잡 미묘한 관계의 한국 길드에 가입하는 것을 막지 않았다.

예전이라면 일본 헌터가 한국 길드에 가입하면, 당장 매국노라 부르며 여론을 조장했을 텐데, 이번에는 지나치게 수상할 정도로 조용했다.

한국 언론은 그런 일본의 상황을 두고, 일본 정부가 타국의 길드에 가입하는 자국의 헌터들을 매도하는 여론을 만들어도 국민들이 호응하지 않을 것이라는 판단 때문에 입을 닫은 것이라 추측했다.

그러자 더욱 어처구니없는 일이 벌어지고 말았다.

일본 정부와 헌터 협회는 자국의 헌터가 성신 길드에 가입하는 것을 일절 제재하지 않은 것은 물론이고, 오히려 은인인 성신 길드가 일본 내에서 활동해 달라는 제안을 전달했다.

한국의 다른 길드를 배제하고 오직 성신 길드에만 전달하게 주목을 끌었다.

사실 일본 정부도 어쩔 수 없는 선택을 내린 것일 터였다.

언제 또다시 야마타노 오로치와 같은 고등급의 몬스터가 나타날지 모르는 상태라, 실적이 있는 성신 길드가 일본 내에 활동하면 국민의 안전을 보장받을 수 있기 때문이었다.

그 덕분이랄까.

성신 길드의 몸집 불리기는 예상보다 더 빠르게 진행되면서 30위권이던 길드 랭킹이 10위권 안으로 진입하기 충분할 정도의 성장세를 보였다.

그리고 아직 한계점은 한참 멀었다는 듯 야금야금 랭킹을 올리기 위한 물밑 작업이 진행 중이었다.

물론, 성신 길드라고 한 차례의 위기도 없이 성장세를 유지한 것은 아니었다.

길드의 랭킹이 오르고, 길드 내 헌터 숫자가 늘어나면서 이들이 활동할 사냥터가 부족해졌다.
성신 길드가 10대 길드 내에 이름을 올렸지만, 기존의 10대 길드나 성신 길드 보다 랭킹이 높던 대형 길드들이 국내의 큰 몬스터 사냥터 대부분 장악한 상황이기 때문이었다.
성신 길드는 기존에 확보한 사냥터만으로 늘어난 길드원을 다 수용할 수 없었다.
하지만 일본 정부가 나서서 성신 길드의 고민을 해결해줬다.
일본은 잘 관리되지 않은 사냥터의 권리를 넘기며 몬스터 퇴치를 부탁했다.
전화위복으로 단점으로 지적된 부분이 명쾌하게 해결되자, 성신 길드는 다시금 길드 랭킹을 치고 올라갔다.
"혹시라도 생각이 바뀌면 연락해. 내 도움이 필요해도 고민하지 말고 찾아오고."
"그래. 말이라도 고맙다."
최수영은 재식의 언급에 자신의 욕심을 접을 수밖에 없었다.
'네가 생각하는 것만큼 간단한 문제가 아니라서 어쩔 수가 없어.'
재식으로서도 무섭게 성장하는 성신 길드의 눈치를 보지 않을 수 없었다.

괜히 자신 때문에 최수형이 속한 레볼루션 클랜이 안 좋은 일을 당할 수도 있다.

비록 하루지만, 재식은 레볼루션 클랜과 함께 트롤을 사냥하며 이들이 가진 잠재력을 느꼈다.

조금 답답한 면이 있지만, 그건 자신이라는 잉여 전력이 있어 그런 것이지, 트롤 두 마리를 사냥하는 모습만 봐도 이들의 재능이 충분하다는 것 정도는 알 수 있었다.

그러니 이들의 성장을 가로막지 않기 위해서라도 자신은 조용히 사라지는 게 옳았다.

레볼루션 클랜이나 최수형과 함께하지 못해 아쉬운 건 재식도 마찬가지지만, 이렇게 헤어지는 게 최선이었다.

"조금 섭섭하네. 네가 자세하게 이야기하지 않아서 잘은 모르겠지만, 너와 성신 길드 간에 무슨 문제가 있고, 그게 우리에게 피해를 줄 수도 있다는 것 정도는 알 수 있었어. 나는 그걸 알고도 제안을 건넨 거고."

"고맙긴 한데……."

재식은 재차 거절의 의사를 표하려 했으나, 최수영은 오른손을 들어 보이며 그의 말을 막았다.

"그냥 내 말을 먼저 다 들어. 나도 네가 꺼내지 않은 말이 있다는 것도 알고, 그것 때문에 고민이 많다는 것도 이해해. 그래도 나는 네가 함께하는 게 좋을 것 같아. 그것만 기억해 주라. 그럼 다음에 다시 보자."

최수형은 자신의 확고한 의지를 내비친 뒤, 재식에게 인사를 건네며 다음을 기약했다.

정말 무슨 사정인지 물어보고 싶은 마음이 속에서 끓어올랐지만, 더 이상 물어봐야 재식을 곤란하게 만들뿐이라는 걸 잘 알았다.

“그래. 언제일지 모르지만, 더 성장해서 보자.”

재식 역시도 몇 년 만에 만난 친구와 이렇게 헤어지는 것이 아쉬웠지만, 이게 최선이라며 자신을 달랠 수밖에 없었다.

“잘 들어가고. 트롤을 사냥한 것과 빌런의 포상금 정산은 협회에 신고한 뒤에 바로 쏴줄게.”

“다시 보려고 일부러 송금하지 않으면 화낼 거다.”

“하하하, 짜식, 날 뭘로 보고… 아무튼, 다음에 기회 되면 술 한잔하자.”

재식과 수형은 다음을 기약하며 서로에게 등을 돌렸다.

하지만 재식은 아쉬운 마음에 수형이 먼저 클랜원들과 떠나는 모습을 잠시 지켜봤다.

* * *

“후욱! 후욱!”

재식은 빠르게 숲을 달렸다.

그 뒤로 무질서한 발자국 소리가 들렸다.

타다다다!

두두두두!

재식은 굳이 뒤를 돌아보지 않았지만, 자신을 쫓는 몬스터의 수가 상당히 많다는 걸 알 수 있었다.

'제길, 하필 다이어 울프를 만날 게 뭐야!'

전력을 다해 달리던 재식은 상황이 마음에 들지 않는지 속으로 투덜거렸다.

다이어 울프는 위험 분류 4등급으로 책정된 몬스터로 생김새는 지구의 늑대와 다를 것이 없지만, 덩치는 작은 황소처럼 컸다.

발에서 어깨까지의 체고만 1.5미터나 되는 괴물이다.

견종 중에 가장 큰 그레이트 데인의 체고가 80센티미터 도인데, 그놈이 뒷발로 서면 사람의 키를 훌쩍 넘길 정도였다.

다이어 울프의 경우, 그레이트 데인의 두 배 가까이 되는 체고를 가졌으니 그 크기는 굳이 말로 설명하지 않아도 어마어마하다는 걸 알 수 있었다.

그런 다이어 울프가 한 마리도 아니고 십여 마리가 떼로 다니니, 사실상 다이어 울프의 위험성은 4등급 수준이 아니라 트롤 이상이었다.

실제로 이 정도 무리면 다 자란 트롤도 사냥하고도 남았다.

비록 트롤의 특출난 재생 능력 때문에 사냥 중 몇 마리의 희생은 감수해야겠지만, 어찌 됐든 사냥에 성공한 놈들은 포식할 수 있다는 점이 중요했다.

그러다 보니 아무리 심장에 오크 전사의 마정석을 가지고 있으며 마정석에서 생성된 마력을 사용할 수 있는 재식이지만, 다이어 울프 무리를 피해 달아날 수밖에 없었다.

두세 마리라면 모를까, 십여 마리의 다이어 울프 무리는 혼자서 상대할 수 없는 노릇이었다.

'어휴, 이놈들만 아니면 트롤 사냥에 성공했을 텐데.'

빠르게 달리던 재식은 다이어 울프 무리 때문에 포기하고 온 트롤이 아까울 따름이었다.

재식은 트롤을 몰아붙여 목을 자르기만 하면 되는 순간, 다이어 울프 무리가 다가오는 것을 감지했다.

그렇기에 다 잡은 트롤도 포기한 채 꽁무니가 빠져라 도망치는 중이었다.

놈들이 트롤에 정신이 팔렸다면 이렇게 힘들게 도망칠 이유는 없겠지만, 놈들의 무리는 생각보다 규모가 컸다.

다이어 울프는 재식이 포기한 트롤에게 몇 마리를 남겨두는 것으로 식량을 확보하고, 자신들에게 위협이 되는 존재라 판단된 재식을 쫓았다.

재수 없는 놈은 뒤로 넘어져도 코가 깨진다는데, 하필이면 재식을 쫓아온 무리는 스무 마리에 육박하는 거대한 무리였다.

미리 놈들의 접근을 알아차렸기에 망정이지, 트롤에 정신이 팔린 채 다이어 울프 무리에 포위됐다면 꼼짝없이 죽을 뻔한 상황이었다.

'젠장, 이제 그만 포기하고 돌아가라고!'

재식은 끈질기게 쫓아오는 다이어 울프들을 어깨 너머로 확인한 뒤, 속으로 절규했다.

'이대로 도망치는 건 불가능해. 뭔가 방법이 없을까?'

재식이 사력을 다해 뛴다지만, 사족 보행 몬스터의 속도를 능가할 수는 없었고, 둘의 간격은 서서히 좁혀지는 중이었다.

재식은 달리는 와중에도 빠르게 주변을 훑으며 자신의 몸을 숨길 수 있는 지형이 있는지, 아니면 좁은 골목처럼 다이어 울프를 일대일로 상대할 수 있는 곳은 없는지 살폈다.

가장 좋은 곳은 커다란 덩치의 다이어 울프는 들어올 수 없는 작은 동굴을 발견하는 것이지만, 그게 아니더라도 여러 마리가 한꺼번에 달려들 수 없는 장소만 찾을 수 있다면 자신의 능력으로 충분히 상대 가능할 것이라 판단했다.

'저기다!'

한참을 쫓기던 재식은 좌측 전방 30미터 정도 지점에 있는 작은 바위굴을 발견했다.

상대적으로 작다는 말이지 재식이 들어가고도 충분히 남을 크기였다.

하지만 덩치가 큰 다이어 울프는 중간에 몸이 끼어 들어오지 못할 수도 있었다.

설사 몸을 끼워 넣더라도 폭이 좁아서 한 마리가 들어오면 다른 다이어 울프가 들어올 공간은 없을 것으로 보였다.

'저기라면 충분히 상대할 수 있겠어.'

재식은 곧장 진로를 바꿔 동굴을 향해 직선으로 달렸다.

그런 재식의 의도를 간파한 것인지, 재식이 달리는 속도를 올리자 놈들도 속도를 더 내는 것인지 알 수 없었다.

재식의 뒤를 쫓던 다이어 울프들은 재식의 지척까지 쫓아왔지만, 다행히 재식이 동굴에 들어가기 전에 뒤를 잡지는 못했다.

'됐다!'

재식은 목표한 동굴에 도착하자마자 배낭에 걸어둔 덫을 바닥에 뿌리며 계속해서 달렸다.

예전에 코볼트를 사냥하기 위해 구입한 곰 잡이용 강철 덫이었다.

그때 함께 준비한 전기 그물이 있다면 더 좋겠지만, 현재 가진 게 없었다.

원래 일회용인데다 챠콥의 실험 이후로 능력이 개선된 뒤로는 더 이상 덫을 구매해야 할 필요성을 느끼지 못했다.

사실 머리가 똑똑한 늑대가 이렇게 대충 아무렇게나 휙휙 뿌려둔 덫에 걸릴 확률은 거의 없을 것이다.

다만 포기하지 않고 동굴 속으로 진입한 다이어 울프가 좁은 곳에서 미처 덫의 존재를 발견하지 못하고 밟을지도 모른다는 요행을 기대하며 던져뒀을 뿐이다.

그렇게 소지한 덫을 동굴 바닥에 뿌린 재식은 좁아지는 통로가 등장하자, 더 이상 동굴 속으로 들어가지 않고 등을 돌려 공격 자세를 취했다.

그렇게 다이어 울프들이 다가오길 기다리자, 몇 초 지나지 않아 다이어 울프의 비명 소리가 울려 퍼졌다.

탁!

깨갱!

긴장된 순간, 갑자기 다이어 울프가 비명을 내지르자 재식은 피식 웃음을 터뜨리고 말았다.

그런 뒤 잠시 시간이 지나자, 다시 다이어 울프가 비명을 내지르는 소리가 들려왔다.

'후우, 설마하고 그냥 설치한 건데, 덩치가 크다보니 들어오는 게 쉽지 않은 모양이네.'

재식이 설치한 곰 잡이용 강철 덫을 밟은 게 아니라면, 놈들이 비명을 지를 일은 없을 터였다.

아무리 다이어 울프의 덩치가 황소만큼 거대하다 해도, 재식이 뿌려둔 덫은 다이어 울프의 크기와 비슷하거나 더 큰 곰을 잡는 용도로 쓰이는 물건이었다.

그러다 보니 덫의 살상력이 상당했고, 몬스터인 다이어 울프라 해도 뼈를 상하게 할 정도의 충격을 받을 터였다.

그렇게 재식이 설치한 덫의 숫자만큼의 비명 소리가 들린 뒤, 한 마리의 다이어 울프가 재식의 앞에 등장했다.

차분하게 동굴에 진입한 다이어 울프는 천천히 재식을 압박하듯 접근했다.

동족의 비명을 들어서인지, 다이어 울프의 눈에는 살기가 깃들어 있었다.

크릉!

다이어 울프는 재식이 더 도망치지 않고, 마주서 있다는 게 이상하다는 듯 낮게 울부짖으며 바닥과 천장을 훑어봤다.

다이어 울프는 이상한 게 없다는 걸 확인한 뒤에야 재식을 향해 천천히 걸어왔다.

크르릉.

"허, 내가 더 이상 도망칠 곳이 없다고 생각하는 거냐?"

재식이 자신을 향해 걸어오는 다이어 울프가 낮게 으르렁거리자, 피식 웃음을 터뜨렸다.

"내가 이곳에 갇혔다고 네놈의 먹이가 될 거라고 생각하면 큰 오산이야."

재식은 다이어 울프와 말이 통하지 않는다는 것을 잘 알았다.

단지, 자신을 위협하는 다이어 울프의 공포를 가볍게 떨쳐내기 위해 말을 꺼낸 것일 뿐이었다.

크앙!

다이어 울프는 크게 울부짖으며 재식을 향해 달려들었다.

재식은 심장의 마력진을 활성화해 마력을 생성하며 양손에 쥔 카타르를 더욱 강하게 그러쥐었다.

그와 동시에 시술받은 몬스터의 힘을 깨우자, 재식의 눈이 붉게 물들었다.

전투가 시작되자 오크 전사의 성질이 발동됐고, 메탈 슬라임의 유전자가 깨어나며 재식의 표피를 덮었다.

그뿐만 아니라 어찌 된 일인지 재식은 머릿속에 한없이 차가운 이성이 자리를 잡았다.

레볼루션 클랜과 함께 사냥할 때, 아니, 조금 전 트롤과 일대일로 싸울 때까지만 해도 이런 현상은 감지되지 않았다.

'음… 나쁘지 않아. 아니 오히려 더 좋아!'

재식은 머리가 차갑게 식어자, 다른 누군가의 싸움을 관찰하는 것처럼 객관적으로 상황을 살필 수 있는 여유가 생겼다.

강력한 몬스터를 앞에 두고 흥분하며 고조되는 고양감도 좋았지만, 지금처럼 위험한 몬스터를 상대하기 위해 냉철한 이성으로 무장하는 것도 또 다른 카타르시스를 느낄 수 있었다.

이전과는 조금 다른 생소한 느낌이지만, 재식은 생소한 감각에도 전혀 어색함을 느끼지 않았다.

게다가 이런 상황에서 이성을 잃고 흥분하는 것보다는 지금처럼 냉철한 이성으로 앞에서 달려드는 다이어 울프의 움직임 하나하나를 살피며 대응하는 것이 가장 좋은 방법이었다.

"크아악!"

하지만 전투에 들어가기 전, 재식은 오크 전사의 본능에 따라 워 크라이를 내질렀다.

좁은 동굴에서 마력이 담긴 워 크라이가 시전되자 재식을 향해 다가오던 다이어 울프는 흠칫하며 몸이 굳어졌다.

재식은 그 찰나의 기회를 결코 놓치지 않았다.

상대의 빈틈은 그에게 절호의 기회였다.

"하압!"

기합과 함께 몸을 날린 재식은 다이어 울프의 턱 아래로 접근해 목에 카타르를 찔러 넣었다.

캥!

재식은 깜짝 놀란 다이어 울프가 몸을 떨며 왼쪽 앞발을 들어 올려 자신을 밀어내려 하자, 놈의 오른쪽으로 몸을 돌려 공격을 피했다.

그러고 나서 곧장 땅을 박차고 뛰어올라 무방비 상태로 노출된 놈의 목을 카타르로 강하게 내려쳤다.

일격에 목을 자를 수는 없었지만, 치명상을 남기는 데 성공한 재식은 다이어 울프와 거리를 벌리며 뒤로 물러섰다.

그러자 피를 콸콸 쏟아내던 놈은 비틀거리며 동굴 벽에 몸을 부딪치다 다리에 힘이 풀려 바닥에 풀썩 쓰러지고 말았다.

그러자 놈의 뒤에 기다리고 있던 다른 다이어 울프 한 마리가 동료의 시체를 물어 동굴 밖으로 끌고 나갔다.

그러고 나서 다른 다이어 울프가 재식의 앞에 섰다.

'포기할 생각은 없는 건가? 끈질긴 놈들 같으니라고…….'

재식은 속으로 혀끝을 차며 인상을 잔뜩 구겼다.

이십여 년 전, 대격변이 일어나고 차원 게이트를 통해 각종 이형 생명체들이 쏟아져 나왔다.

인류는 차원 게이트에서 쏟아진 몬스터들에 대응하면서

보다 효율적으로 상대하기 위해 연구를 진행했다.

그렇게 데이터가 쌓이자, 몬스터에 대한 위험 분류 등급이 매겨지고 크기와 형태, 서식지 등을 포함한 각종 정보를 분류해 몬스터들의 생태계와 약점 등을 담은 자료를 만들었다.

이러한 정보들은 각국 헌터나 몬스터 대응 특수부대 등에 건네졌고, 그들은 자료를 바탕으로 몬스터를 사냥했다.

그렇게 위협을 극복한 인류는 몬스터의 부산물을 새로운 자원으로 받아들이며, 미래를 향한 도약의 발판으로 삼았다.

그런데 참으로 의아한 것은 몬스터 중에는 지구의 맹수와 닮은 몬스터들도 존재한다는 점이었다.

아니, 닮은 정도가 아니라 그 습성도 매우 흡사해서 몬스터를 연구하는 과학자들로 하여금 감탄을 자아내게 만들었다.

몬스터 중 지구의 생명체와 닮은 개체도 있다는 것이 알려지면서 몬스터 연구의 새로운 장이 열렸기 때문이다.

그동안 과학자들이 몬스터를 연구한 것은 인류의 생존을 위협하는 몬스터의 약점을 파악하기 위함이 가장 컸지만, 각국은 비밀리에 실험 중인 유전자 변형 시술에 대한 정보를 제공하기도 했다.

보다 강력한 슈퍼 솔저를 만들기 위한 노력은 미국이나

일본, 중국, 러시아 등의 강대국에서 시작됐고, 각국은 국제 연합에서 금지한 몬스터 유전자를 인간 유전자에 결합시키기 위해 눈에 불을 켜고 연구를 속행했다.

하지만 몬스터는 태생적으로 인간과 맞지 않은 탓인지, 몬스터의 유전자는 인간의 유전자와 합쳐지지 않았다.

어찌어찌 유전자끼리 결합을 시키더라도 부작용이 심해 원래 목적에 부합하지 않았고, 천문학적인 연구비만 날렸다.

그러나 거듭되는 실패 속에서 과학자들은 희망을 발견했다.

뒤늦게 지구의 맹수와 유전자와 아주 흡사한 몬스터가 있다는 걸 확인했기 때문이다.

과학자들은 지구의 맹수와 흡사한 몬스터를 수형(獸形) 몬스터로 분류했다.

그리고 맹수의 유전자가 인간의 유전자와 결합 가능한 것처럼 약간의 부작용이 있을 수 있지만 충분히 유전자 변형 시술에 사용할 수 있다는 이론적 근거를 찾아냈다.

이러한 사실이 알려지자, 각국의 연구소들은 수형 몬스터를 수배에 열을 올렸다.

생포는 물론이고, 사살된 것도 상관이 없었다.

그러다 보니 헌터들에게 한탕주의가 널리 퍼지며 수형 몬스터 확보에 관심이 쏠렸다.

하지만 수형 몬스터를 확보하는 데 성공한 연구소는 그리 많지 않았다.

수형 몬스터는 다른 몬스터에 비해 발견이 쉽지 않은 탓도 크지만, 현재까지 알려진 수형 몬스터 중 위험 등급이 가장 낮은 게 위험 분류 4등급의 다이어 울프이기 때문이었다.

한 개체의 전투력도 만만한 수준이 아니지만, 진짜 문제는 다이어 울프가 혼자 단독으로 활동하지 않는다는 점이었다.

지구의 늑대처럼 무리지어 움직이는 다이어 울프는 적게는 열 마리 내외에서 많게는 수백 마리가 떼로 움직이는 게 보고된 적 있었다.

이로 인해 다이어 울프는 겨우 위험 분류 4등급 수준이 아니라, 훨씬 위험한 몬스터로 여겨져 웬만한 규모의 공대가 아니라면 그냥 피하라는 경고가 내려질 정도였다.

뛰어난 재생력을 가진 위험 분류 5등급의 트롤이나, 거대한 덩치와 강력한 힘으로 숲속의 제왕이라 불리는 위험 분류 6등급의 오우거 이상이라고 할 정도니 말 다한 셈이었다.

재식은 그렇게나 위험하다는 다이어 울프를 직접 체감하는 중이었다.

"크아아앙!"

재식은 또 다른 다이어 울프를 마주하자 워 크라이부터 내질렀다.

동굴 속에 마력을 담은 외침이 메아리치자 다이어 울프가 움찔하며 발걸음을 멈췄다.

재식은 빠르게 앞으로 달려 나가 다이어 울프의 옆으로 돌아갔다.

동굴의 좁은 벽 때문에 방향을 바꾸지 못한 짐승은 살아 있는 표적에 불과했다.

푹! 푹! 푹!

재식은 카타르로 복부를 찌르는 것에 멈추지 않고, 있는 힘껏 손목을 비틀어 뽑으며 상처를 크게 벌렸다.

크앙!

다이어 울프는 되는 대로 발을 휘두르며 반항했으나, 허무한 몸짓에 지나지 않았다.

재식은 다시 좁은 길목으로 돌아가 다이어 울프가 목숨이 다하길 기다리며 가빠진 숨을 골랐다.

그러자 숨을 거둔 동료의 시신을 다른 다이어 울프가 동굴 안으로 들어와 끌고 나갔다.

하지만 아무리 기다려도 다음 다이어 울프는 나타나지 않았다.

'젠장, 동굴 안으로 더 들어가도 출구가 있을지 확실하지 않은데…….'

재식은 고개만 돌려 등 뒤를 힐끗 바라보며 혀끝을 찼다.

그러고 나서 냉정하게 상황을 파악해 봤다.

'날 쫓아오던 수가 열 마리였고, 그중 두 마리를 죽인 데다 곰덫에 걸린 세 마리는 움직임이 둔해진 상태겠지. 그럼 정상적인 놈들은 다섯 마리뿐이야.'

재식은 마른침을 꿀꺽 삼켰다.

선택할 수 있는 건 놈들이 돌아가는 걸 기다리든지, 아니면 동굴로 들어가 출구가 있는지 확인하는 방법뿐이었다.

하지만 동굴 내부를 살피는 데 시간을 허비한 뒤에 다시 지금 위치에 돌아왔을 때, 다이어 울프가 돌아가지 않고 입구를 지키고 있다면 골치 아픈 상황을 마주하게 될 터였다.

트롤을 사냥하기 위해 남겨둔 다른 무리가 합류할 게 빤하기 때문이었다.

'장기전을 펼치기엔 내가 불리해. 포위를 뚫고 도망치려면 트롤을 상대하는 무리가 합류하기 전에 결판을 보는 수밖에 없어.'

결심을 다진 재식은 천천히 동굴 입구를 향해 걸어 나갔다.

그러자 둥글게 포위망을 펼친 다이어 울프들이 재식을 맞이했다.

크르릉.

컹컹!

놈들은 재식을 노려보며 진득한 살기를 뿌려 대더니, 일제히 달려들며 주둥이를 쩍 벌렸다.

"크아악!"

재식은 전투가 시작되자, 워 크라이를 내질렀다.

그러자 가장 먼저 움직인 다이어 울프뿐만 아니라, 그 뒤를 따라 달리던 놈들도 달리는 속도를 줄이며 재식을 경계했다.

그런 최고의 순간을 놓칠 리 없는 재식이 정면에서 가장 먼저 움직인 대장격의 다이어 울프를 향해 달려갔다.

그러자 다른 다이어 울프가 얼른 재식의 후미로 따라 붙으며 둥근 포위망을 형성했다.

하지만 재식은 그에 대해서는 크게 신경 쓰지 않았다.

엉성한 진형 따위는 뚫고 지나가버리면 그만이었다.

'막으면 공격하고, 피하면 포위를 벗어난다.'

재식은 찰나에 방침을 정하고 정면의 다이어 울프에게 접근했다.

그러자 놈은 상체를 숙이며 재식을 집어삼킬 기세로 주둥이를 벌렸다.

재식은 달리던 그대로 땅을 박차고 뛰어오르며 놈의 공격을 피했다.

그러고 나서 다시 중력에 이끌려 내려올 때, 눈앞에 보이는 기회를 놓치지 않기 위해 팔꿈치를 옆구리에 딱 붙이며 등 뒤로 끌어당겼다.

캥!

재식은 신경이 이어진 척추뼈를 노리며 다이어 울프의 등을 힘껏 찔렀다.

'쳇, 몬스터 뼈가 단단하다지만, 이렇게 칼날이 안 들어갈 줄은 몰랐는데!'

그러고 나서 추가 공격은 생각도 하지 않았다는 듯 폴짝 뛰어내려와 땅을 밟았다.

순식간에 다이어 울프의 포위를 뚫은 재식은 등을 돌려 이어질 다른 놈들의 공격에 대비했다.

다행히 방금 공격당한 다이어 울프는 온몸을 파르르 떨며 비틀거렸다.

행동불능까지는 아니지만, 움직임에 큰 제약을 만들기엔 충분한 모양이었다.

'이제 남은 멀쩡한 놈들은 넷. 게다가 곰덫을 밟은 놈들은 억지로 발을 빼냈는지 한쪽 발로만 달리느라 위협적이지는 않아.'

재식은 다시 포위하기 위해서 양쪽으로 갈린 두 마리의 멀쩡한 다이어 울프들 중 왼쪽의 놈들을 먼저 공격하자 마음먹었다.

재식이 왼쪽으로 내달리자 다른 놈들이 보조를 맞춰 뒤쪽을 노렸지만, 재대로 된 성과를 얻을 수는 없었다.

왼쪽에서 마주 달려오던 두 마리의 다이어 울프는 재식에게 무릎과 옆구리에 상처를 얻었을 뿐, 재식을 공격해 상처를 입히거나 저지하지 못했기 때문이다.

그러면서도 절대 한 마리의 다이어 울프에게 두 번 이상 공격을 하지 않고 최대한 많은 다이어 울프에게 치명상을 주기 위해 빠르게 움직였다.

그럼에도 불구하고 재식은 속으로 침음을 삼켰다.

'결코 오크 전사보다 약하지 않아.'

다이어 울프가 괜히 4등급 몬스터가 아니었다.

지금 상대하는 다이어 울프 하나하나의 전투력은 결코 만만하지 않았다.

재식이 느끼기에 다이어 울프는 같은 4등급 몬스터들과 비교해도 강한 축에 속할 정도였다.

거짓말을 조금 보태면 동급 몬스터 중에서 다이어 울프를 이길 만한 몬스터가 없을 수도 있었다.

성신 길드에 있을 당시, 재식은 막 유전자 변형 시술을 받아 그리 강한 상태가 아니었지만, 위험 분류 4등급인 오크를 상대한 적이 있기에 대략적인 비교는 가능했다.

분명한 건 카타르 끝에 걸리는 저항이 동급의 오크에 비해 더 묵직하게 느껴졌고, 그건 가죽의 질김 차이나 육질의 차이로 발생하는 건 아닐 터였다.

크앙!

다이어 울프들은 필사적으로 따라붙어 아가리를 들이밀어 재식을 물어뜯으려 노력했다.

하지만 재식은 날렵한 움직임으로 놈들의 공격을 피하는 건 물론이고, 반격을 가하며 상처를 하나씩 늘려줬다.

'이 정도면 승기는 내게 있어. 다른 놈들이 합류하기 전에 빠르게 정리하고 자리를 떠야해.'

재식은 할 수 있다는 자신감이 생기자, 다시 워 크라이를 터뜨렸다.

"우워어억!"

포효하는 재식의 모습에 크게 상처 입은 다이어 울프들이 눈에 띄게 움츠러들었다.

이제야 재식을 이길 수 없다는 사실을 갑자기 깨달은 듯한 행동이었다.

'하긴, 처음엔 열 마리였는데 이미 세 마리의 동료가 죽고 나머지 놈들도 온전치 못하니까 주눅 들 만도 하지.'

끈질기게 재식의 꽁무니를 쫓아다니던 다이어 울프들은 크게 긴장한 상태로 꼬리를 말아 자신의 가랑이 사이로 숨겼다.

'겁먹고 덤비지 않겠다는 건가?'

재식은 겁에 질려 동료들에게 도움을 청하지도 못하는 다이어 울프를 바라보며 승자는 자신이라는 걸 확신할 수 있었다.

"상황이 역전됐다면, 내가 공격하는 게 인지상정인가?"

재식은 혼잣을 중얼거리더니, 다이어 울프들을 향해 내달렸다.

그러자 다이어 울프들은 흩어지면 죽는다는 걸 깨달은 모양인지, 진형을 벌리지 않고 동료들 곁에 머물렀다.

그런 행동이 재식의 눈엔 죽음을 받아들이겠다는 것처럼 보였다.

하지만 결단코 자비를 배풀 생각이 없는 재식은 놈들의 사이를 분주히 오가며 카타르를 쉬지 않고 휘둘렀다.

왼쪽에서 오른쪽으로, 땅을 밟았다고 생각한 순간에 공중을 나는 재식의 모습은 로데오에서 광대들이 날뛰는 소들의 눈길을 끌기 위해 요란하게 행동하는 것처럼 보일 정도였다.

그게 워낙 빠르다 보니, 다이어 울프는 재식이 순간적으로 여러 명으로 늘어난 듯한 착각에 빠져 어느 것이 진짜인지 분간하지 못했다.

그저 재식의 그림자만 쫓아 이리저리 고갯짓하며 머리를 흔들 뿐이었다.

크아앙!

재식이 이리 뛰고 저리 뛰며 카타르로 찔러대자, 다이어 울프의 몸에는 기하급수적으로 상처가 늘어났다.

재식은 정신없이 움직이면서도 덫을 밟아 발목에 부상을

당한 놈들을 놔두고, 상대적으로 멀쩡한 네 마리의 다이어 울프를 집중 공략했다.

야생에서 먹잇감을 마련하기 위해 사냥하는 것이었다면 약한 놈을 노리는 게 훨씬 유리할 터였다.

하지만 재식은 몬스터를 어서 처리한 뒤에 자리를 떠야 할 상황이었다.

그렇다면 멀쩡한 놈들을 빠르게 정리하고, 비교적 약해진 상대를 노리는 게 조금 수월할 게 분명했다.

조금 서두른 감이 있다 보니, 재식은 공격하는 과정에서 다이어 울프의 공격을 몇 차례 허용할 수밖에 없었다.

직접 물리지는 않았지만, 발톱에 긁힌 상처라도 무시할 수 있는 수준은 아니었다.

하지만 여기서 다이어 울프와 재식의 격차가 드러났다.

그건 바로 재생력이었다.

다이어 울프의 재생력도 뛰어난 편이지만, 트롤처럼 즉각적인 반응을 드러낼 정도로 뛰어난 것은 아니기 때문에 어느 정도 회복할 시간이 필요했다.

하지만 재식의 재생력은 트롤에 버금갈 정도로 뛰어나 다이어 울프의 공격으로 입은 부상이 순식간에 나아버렸다.

전투에 집중한 재식은 아직 자각하지 못했지만, 그의 이런 뛰어난 재생력은 전적으로 몬스터의 유전자 덕분이었다.

재식은 현재 총 네 종류의 몬스터 유전자를 품고 있었다.

성신 제약의 생체 실험으로 시술받은 카피캣과 메탈 슬라임의 유전자와 챠콥에게 붙잡혀 심장에 시술을 받은 오크 전사의 마정석에 붙어 있던 오크의 유전자.

그리고 마지막으로 챠콥을 죽인 뒤, 본능에 이끌려 심장과 간, 뇌를 섭취하며 지니게 된 홉고블린의 유전자까지.

그런데 여기서 참으로 희한한 것은 네 종의 몬스터 유전자를 몸에 지닌 재식은 아무런 부작용이 드러나지 않는다는 점이었다.

이는 김태원의 욕심이 빚은 우연의 일치로, 서로 다른 몬스터 유전자를 재식에게 주입하기 위해 카피캣의 유전자를 사용한 게 신의 한 수로 작용했다.

카피캣의 유전자는 지금까지 별다른 활동을 보이지 않았다.

그저 함께 주입된 메탈 슬라임의 유전자를 카피해 재식의 유전자에 전달할 뿐이었다.

그러다 새로운 몬스터의 유전자인 오크의 유전자가 들어왔을 때, 이것을 카피해 마정석이 재식의 심장에 자리 잡는데 도움을 줬다.

그 덕분에 재식은 부작용이 심한 챠콥의 실험에도 살아남아 오크 전사의 마정석이 뿜어내는 마력을 받아들이는 데 성공할 수 있었다.

그리고 마지막으로 흡수한 홉 고블린의 유전자는 재식으

로 하여금 냉철한 이성을 유지할 수 있게 만들어줬다.

이런 기적 같은 상황을 만들어낸 게 전부 카피캣의 유전자로 인해 몬스터 유전자의 부작용이 줄어들었기 때문이다.

다만, 재식은 이런 자세한 내막까지는 알지 못하기에 아직 자신의 힘을 제대로 컨트롤하기보다는 본능에 의존해 힘을 마구잡이로 사용하는 중이었다.

만약 재식이 이러한 자신의 비밀을 알았다면 지금보다 손쉽게 다이어 울프를 상대할 수 있었을 것이다.

5. 사냥 후…….

재식에게 심장을 찔린 마지막 다이어 울프가 바닥에 쓰러졌다.

끄르륵.

털썩!

"하아, 하아, 후우……."

재식은 다이어 울프의 심장에서 울컥울컥 피가 뿜어져 나오는 걸 무표정하게 바라보며 거친 숨을 골랐다.

"하울링으로 동료들을 부르지 않아서 다행이긴 한데……."

전력을 다해 열 마리의 다이어 울프를 죽인 재식은 조금 여유가 있다고 생각하는 모양인지 자리에 털썩 주저앉아 방전된 체력을 보충했다.

아무리 심장에서 마력이 공급된다지만, 인간의 체력에는 한계가 있기 마련이었다.

재식은 그 한계를 느끼며, 손가락 하나도 까딱하기 힘들 정도의 피로감에 시달렸다.

아니, 홀로 열 마리씩이나 되는 몬스터와의 전투를 치르는 과정에서 쌓인 정신적인 스트레스가 더 심했다.

처음 상대하는 맹수형 몬스터인 다이어 울프이기에 인간형인 오크를 상대하는 것에 비해 신경 써야 할 부분이 많기 때문이었다.

재식은 지금까지 단 한 번이라도 맹수형 몬스터를 상대한 적이 없었다.

예전 성신 길드에 있을 때, 실전 훈련으로 라이칸 슬로프의 일종인 웨어 울프를 상대한 적은 있지만, 웨어 울프는 맹수형인 다이어 울프와 달리 원칙적으로 인간형으로 분류됐다.

늑대 폼으로 변할 수는 있지만, 웨어 울프는 주로 반인반수의 형태로 전투를 벌이기 때문이었다.

"역시 머리로 아는 것과 실전은 너무 다르네."

재식은 연거푸 숨을 몰아쉬며 혼잣말을 중얼거렸다.

그는 다수의 맹수형 몬스터를 상대하는 방법을 이론적으

로는 알고 있었다.

하지만 실전에서 이론대로 움직이는 건 무척이나 어려운 일이었다.

이론에서 맹수형 몬스터를 상대할 때, 가장 강조하는 부분은 절대로 뒤를 잡히지 않도록 조심하라는 것이었다.

전투에서 뒤를 잡히지 말라는 거야 당연한 말이지만, 인간형을 상대할 때엔 상대의 동선을 어느 정도는 짐작할 수 있었다.

그러나 맹수형은 괴물 같은 운동 능력으로 예측하기 힘든 동선에서 공격을 가하는 경우가 허다했다.

그런 예상을 벗어난 공격이 위협적으로 느껴지는 건 당연한 일이었다.

그렇기에 재식은 어떤 상황에서도 다이어 울프에게 뒤를 잡히지 않기 위해서 분주하게 움직였다.

'놈들이 멍청하게 한 마리씩 동굴로 들어왔다면 이렇게 고생하지는 않았겠지.'

성인 남성 한 명이 들어가기 충분한 장소지만, 좁은 건 사실이고 재식이 활동하기에도 좋은 조건의 전장은 아니었다.

그 덕분에 덩치가 큰 다이어 울프는 한 마리씩 재식과 대치할 수밖에 없었고, 재식은 두 마리의 목숨을 거둘 수 있었다.

'운에 맡기긴 했지만, 곰덫이 세 마리의 다리를 아작 낸 덕분에 조금 더 수월해졌어.'

게다가 아무리 기동력이 뛰어난 다이어 울프라도 지치지 않는 건 아니었다.

놈들도 재식을 따라 쉬지 않고 움직이다 보니, 시간이 지날수록 움직임이 둔해졌다.

"하아, 그나저나 이걸 어떻게 다 가져가지? 아니, 가져갈 수는 있는 건가?"

재식이 자리에 앉은 이유는 몸이 지친 것도 있지만, 다이어 울프의 사체를 어떻게 가져갈 것인지 고민하기 위함도 있었다.

놈들의 나머지 동료가 언제 쫓아올지 모르는 위험한 상황이라 빨리 결정을 내려야만 했다.

오늘 사냥하려던 트롤도 비싼 건 사실이지만, 다이어 울프는 수형 몬스터답게 큰돈이 되는 몬스터였다.

생포했다면 더 큰돈을 만질 수 있겠지만, 온전한 다이어 울프의 시체의 가격도 만만치 않을 터였다.

그런 수형 몬스터의 사체를 열구나 확보했는데 그냥 버릴 순 없었다.

다른 몬스터야 필요에 따라 가격이 천차만별이고, 인간형 몬스터 중에 돈이 되는 몬스터는 많지도 않다.

거의 모든 부위가 돈이 되는 몬스터는 트롤 외엔 딱히 댈

것도 없었다.

그에 반해 맹수형 몬스터는 아직도 몬스터 학자나 연구소, 제약 회사 등에서 높은 값에 매입하는 중이었다.

트롤과는 다른 의미로 없어서 못 팔 정도로 인기가 많은 게 수형 몬스터이기에 재식은 눈앞에 보이는 열 마리의 다이어 울프를 바라보며 한숨이 쉬어졌다.

'쩝, 이럴 땐 아쉽기도 하단 말이지.'

재식은 네 명만 더 있어도 열구의 사체를 전부 가져갈 수 있을 것이라 판단하며 입맛을 다셨다.

"아, 이럴 때 게임처럼 인벤토리가 있다면……."

재식은 넋두리를 중얼거리다가 퍼뜩 뭔가를 떠올렸다.

그건 바로 마법이었다.

"젠장, 몬스터 사냥이 급한 게 아니라, 마법을 익히는 게 우선이었네!"

마법은 지구에서 신화나 소설 등의 이야기 속에서만 존재하는 것에 불과하지만, 몬스터들이 넘어온 세계에서는 엄연히 존재하는 하나의 학문이었다.

재식은 차콥의 주요 장기를 취하는 과정에서 마법이란 이계의 학문이 실존한다는 것을 알게 됐다.

그뿐만 아니라, 마법을 익힐 수 있는 방법도 습득했으며, 무리하게 트롤을 잡으러 나선 것도 마법을 배우기 위한 자금을 마련하기 위해서였다.

모든 준비를 갖춘 뒤에 마법을 익힐 생각이었는데, 지금 생각하니 미리 마법을 조금이라도 익혀 뒀더라면 이런 고민 없이 다이어 울프의 시체를 전부 가져다 팔 수 있었을 것이다.

재식은 자신의 안일한 판단을 후회했다.

"너무 안전을 우선해 생각하다가 이렇게 손해를 보는구나……."

사람에겐 언제나 선택의 순간이 찾아온다.

마법에 대해 고민하던 재식에겐 두 가지 선택지가 있었다.

헌터 일을 계속하면서 조금씩 마법을 익힐 것인지, 아니면 일단 충분한 자금을 마련해 집중적으로 마법을 수련할 것인지.

나름대로 고민하던 재식은 일과 공부를 병행하는 것은 이도 저도 아니란 판단을 내리고, 우선 마법을 익힐 동 어머니에게 드릴 생활비와 마법 연구를 위한 준비물을 마련할 자금을 확보하자 결정했다.

그래서 자신이 잡을 수 있는 몬스터 중 가장 돈이 되는 트롤을 선택한 것이었다.

하루에 한 마리씩만 잡아도 일주일이면 세금과 협회 기금 등의 공제를 제하더라도 30억 정도는 거뜬하게 벌 수 있을 거란 판단 때문이었다.

하지만 진인사 대천명이라 하던가.

첫날부터 꼬이기 시작하더니, 오늘은 사냥 중에 난입한 불청객 때문에 다 잡은 트롤을 포기할 수밖에 없었다.

다이어 울프들이 포기하지 않고 끝까지 쫓아오는 바람에 결국, 사투를 벌여 모두 처리할 수밖에 없었지만.

이제는 그것을 어떻게 처리할 것인지가가 문제로 남았다.

오크나 고블린처럼 마정석 외에는 별로 돈이 되지 않는 몬스터라면 이렇게 고민할 것도 없었으리라.

하지만 다이어 울프는 마정석 외에도 발톱이나 이빨도 고가의 소재였다.

그뿐만 아니라, 사체 자체도 돈이 돼기에 재식을 고민하게 만들었다.

"후우, 3클래스만 됐어도 열 구 전부 가져갔을 텐데."

재식은 차콥의 기억에 남은 3클래스 마법인 스트렝스 마법을 떠올렸다.

그보다 더 좋은 아공간이라는 마법도 있지만, 그건 차원과 차원 사이에 자신만의 공간을 창조하는 마법이라 단기간에 뚝딱 만들어낼 수 있는 게 아니었다.

차콥의 기억에 따르면 최소 5클래스 마스터 정도는 돼야 아공간을 만들 수 있었다.

그에 반해 스트렝스는 겨우 3클래스 러너의 경지만으로

도 사용할 수 있는 마법이었다.

단순하게 대상에게 강력한 힘을 부여하는 마법이지만, 기본적으로 대상의 힘에 비례해 더욱 큰 힘을 발휘하게 만들어줬다.

즉, 힘이 10인 사람에게 마법을 걸었을 때보다 20인 사람에게 마법을 걸었을 때의 효과가 더 뛰어나다는 의미였다.

'잠깐만, 이거 조금만 노력하면 엄청난 힘을 얻을 수 있었는데, 손 놓고 있던 거 아닌가?'

재식은 뒤통수를 강하게 얻어맞은 것처럼 얼얼한 충격을 받았다.

스트렝스 마법을 기준으로 생각했을 때, 마법은 시전된 뒤로 부여된 마력이 소진될 때까지 유지된다.

지구에서 마법 지식을 가진 사람은 없었고, 스트렝스 마법을 이해하고 마력을 공급할 수 있는 사람은 재식을 제외하면 아무도 없을 터였다.

그렇다는 건 재식이 다른 누군가에게 마법을 걸어주더라도 마법에 부여된 마력이 소모되면 마법은 자연스럽게 효과를 잃게 된다는 뜻이었다.

하지만 재식은 마법에 자신의 마력을 전달하는 방법을 알고 있을 뿐만 아니라, 심장에 새겨진 마법진으로 인해 지속적으로 마력이 생성된다.

즉, 이론적으로 본인이 스트렝스 마법을 취소하지 않으면 계속해서 효과가 유지될 수 있다는 소리다.

물론, 여러 마법을 중첩해 유지할 수 없는 한계는 분명 존재했다.

그 이유는 바로 심장에 새겨진 마법진에 들어가는 오크 전사의 마정석이 가진 마력의 한계였다.

그래도 마정석은 몬스터의 생체 조직의 일부분이기에 숙주가 에너지를 섭취하면 마력으로 변환해 축적하는 기능이 있었다.

일반적이라면 이렇게 계속해서 축적을 거듭한 마정석은 점점 크기가 커졌을 테지만, 재식이 품은 오크 전사의 마정석은 마법진의 일부가 되어 마력을 계속하는 부품에 지나지 않았다.

그렇기 때문에 재식이 에너지를 조금씩 보충하고 있다지만, 언젠가는 다 쓴 건전지처럼 수명을 다하는 날이 찾아올 터였다.

다행이라면 재식이 챠콥의 실험실에서 폭주할 당시, 챠콥의 명령으로 그를 제압하려던 실험체들을 죽이고 그들의 마정석과 마법진을 빼앗았다는 점이다.

그것들은 재식의 것보다는 못하지만, 계속해서 미약한 마력을 조금씩 발산하며 오크 전사의 마정석의 마력 손실을 줄여주고 있었다.

그렇지만 결국, 기간을 늘려 주는 정도에 그칠 테니, 근본적인 해결 방법이 필요했다.

재식도 이러한 문제를 인식하지 못한 것은 아니지만, 당장은 깊게 생각할 필요가 없다고 여기는 게 문제였다.

마법을 익히며 챠콥의 실험이 불완전하다는 사실을 깨달으면 문제를 해결하기 위해 당장 고심할 테지만, 일단은 몬스터 유전자를 활성화시키면 급속도로 소모되는 체력 고갈 현상이 해결된 것만으로도 만족하는 실정이었다.

“하아, 아깝다, 아까워.”

재식은 한두 마리만 가져가자니 남겨질 사체가 못내 아까웠다.

시간만 넉넉하다면 시간을 들여 돈이 되는 부위라도 수습하겠지만, 언제 다른 몬스터가 나타날지 모르는 상황이었다.

현실은 재식에게 선택을 강요하며 그를 괴롭혔고, 그는 어느 쪽이든 결단을 내려야만 했다.

“아!”

가져갈 수 없는 다이어 울프의 사체를 바라보며 아까워하던 재식은 뇌리를 스쳐 지나가는 정보가 떠올랐다.

물론, 그 기억은 재식이 아니라 챠콥의 것이었다.

‘그래, 비록 효율은 떨어지지만 몇 마리는 더 가져갈 수 있겠다.’

재식은 챠콥의 기억 속에서 다이어 울프 사체를 더 챙길 수 있는 방법을 찾아냈다.

그것은 바로 흑마법의 일종으로 피에서 마력을 흡수하여 서클을 형성하는 피의 마법, 블러드 매직이었다.

흑마법에는 마력이나 마나를 축적하는 수련 방법 외에도 부수적으로 힘을 늘릴 수 있는 여러 방법이 존재했다.

마나 드레인이나 에너지 드레인처럼 에너지를 직접 흡수하는 방법과 뱀피릭 터치나 라이프 드레인처럼 다른 생명체의 생명력을 빼앗는 방법 등이었다.

재식이 떠올린 건 에너지 드레인이었다.

에너지 드레인은 이름처럼 사물에서 에너지를 흡수하는 방식인데, 재식은 죽은 다이어 울프의 사체에서 피를 추출해 에너지를 흡수하자 마음먹었다.

다이어 울프의 피에서 흡수한 에너지를 이용해 서클을 만들어 3클래스가 되면 스트렝스 마법을 익힐 수 있을 터였다.

"일단 해보자. 지금은 고민할 시간도 아까워."

재식은 어차피 이 방법이 아니라면 커다란 덩치의 다이어 울프 사체를 두 구 이상 가져갈 방법이 없었다.

한 구라도 더 챙길 수 있다면 뭐라도 시도해 보는 게 이득이었다.

"우선 피부터 받아야지."

카타르에 의해 난 상처로 많은 피를 흘린 놈들의 사체에는 남아 있는 피가 그리 많지 않을 터였다.

서클을 만들어 3클래스를 달성하는 데 피가 부족하다면, 괜한 수고를 들이는 것이나 마찬가지였다.

그러니 조금이라도 피를 조금 더 챙기려면 빠르게 움직일 필요가 있었다.

재식은 주변을 살펴 굵고 곧게 자란 커다란 나무를 찾았다.

다행히 다이어 울프의 무게를 견딜 정도로 두꺼운 나무는 많았고, 재식은 잘라온 나무 기둥 세 개를 묶어 삼각형으로 펼쳤다.

그러고 나서 그 아래에 트롤을 잡으면 피를 담기 위해 가져온 자바라 물통을 꺼냈다.

10리터짜리 물통 세 개를 가져다 기둥 사이에 둔 재식은 다이어 울프의 시체를 거꾸로 매달았다.

주르륵.

거꾸로 매달린 다이어 울프의 사체에서 피가 흘러 나와 자바라 물통을 채웠다.

커다란 덩치에 비해 다이어 울프의 사체에서 나오는 피는 그리 많지 않았다.

그도 그럴 것이, 재식이 다이어 울프의 사체를 어떻게 가져갈지 고민하는 동안에도 몸에 난 상처에서 이미 많은 양의 피가 흘러버렸기 때문이다.

"아, 정말 근소한 차이로 3클래스 마법을 사용하지 못하는 건 아니겠지?"

재식은 전전긍긍하며 다이어 울프 사체에서 피를 받았는데, 막상 에너지 드레인으로 에너지를 흡수하려니 문제가 발생했다.

다이어 울프의 피에서 에너지를 흡수해 심장에 서클을 형성해야 하는데, 현재 재식의 심장에는 이미 마력진이 새겨진 상태였다.

그 말인 즉, 정상적인 마력 서클을 만들 수 없다는 소리였다.

'아, 정말 쉽게 풀리는 일이 없네!'

속으로 투덜거린 재식은 군데군데 끊어진 챠콥의 기억을 빠르게 뒤지며 심장을 제외한 다른 곳에 마력을 쌓는 방법을 찾아야만 했다.

"분명 무슨 방법이 있을 거야."

재식은 챠콥이 익힌 흑마법에 대한 지식을 슬쩍 훑어본 정도였지만, 정말 기상천외한 방법들이 많다는 건 확실히 알 수 있었다.

챠콥도 자신이 기억하는 것들을 모두 익힌 것은 아니지만, 익히는 방법 정도는 기억해 두고 있었다.

재식은 넘치는 정보의 홍수 속에서 자신에게 딱 맞는 방식을 찾고야 말겠다 결심했다.

"이건 아니고, 이것도 아니야. 이것은… 아, 찾았다!"

챠콥의 기억을 되짚으며 고민하던 재식은 드디어 해결책을 찾아냈다.

그건 바로 네크로맨서들이 사용하는 마력 축적 방식이었다.

시체술사인 네크로맨서들은 심장이 아닌 뼈에 마력을 축적하는데, 이것은 초창기 흑마법사들도 많이 쓰는 방법 중에 하나였다.

다만 효율이 서클에 비해 떨어지기에 점차 잊혀진 지식이 되고 말았다.

그도 그럴 것이, 서클 마법은 이름에서도 파악할 수 있듯 마력을 원형 고리로 만들어 계속 회전시키며 마력의 손실을 줄일 수 있다.

그에 비해 단순히 마력을 축적하는 것은 마력을 쌓는 건 쉽지만, 시간이 지날수록 사용자의 지배를 벗어나 천천히 흩어진다는 단점이 있었다.

원래 마력이란 것이 고정해 붙들기 어려운 기운인데다 주변과 균형을 이루려는 성질이 강하기 때문이었다.

그렇기에 마법사는 계속해서 마력이 몸에서 빠져나가는 것을 막는 한편, 마력을 축적하는 것을 게을리 하지 않아야만 마법의 경지를 유지할 수 있었다.

그래서 흑마법사들은 두 방식의 장점만 가져와 수련했다.

마법에 입문했을 때는 신체의 장기에 마력을 쌓아 경지를 빠르게 올리고, 어느 정도 마법에 숙달되면 쌓아둔 마력을 이용해 서클을 만들었다.

"아무리 생각해도 서클을 만드는 게 장기적으로 이득인데, 어쩔 수 없지."

이미 심장에 마법진이 새겨진 재식은 서클을 만들지 않고 뼈에 마력을 축적해 마법을 익히자 결심했다.

무리하게 심장에 서클을 만들려고 했다가는 마법진에서 생성되는 마력과 서클을 만들려는 마력이 충돌해 심장이 터져 나갈 수도 있기 때문이었다.

다이어 울프의 피가 들어 있는 자바라 물통에 손을 담근 재식은 심호흡을 한 번 하더니, 에너지 드레인 마법을 시전했다.

"에너지 드레인!"

재식은 차콥의 지식으로 에너지 드레인을 구성한 뒤, 심장의 마력을 이용해 마법을 발현했다.

*　　*　　*

대격변 이후 대한민국은 4,896만 5,799명의 인구 중

10%가 조금 안 되는 450만 명의 헌터를 보유했다.

그중 35%가 30레벨이 되지 않은 하급 헌터로 활동하고, 31%가 40레벨 미만의 중하급 헌터, 25%가 50레벨 미만의 중급 헌터, 그리고 7.8%가 60레벨 미만의 중상급 헌터였다.

60레벨 이상의 상급 헌터는 불과 1.2%였다.

1%를 조금 넘기는 정도지만, 다른 나라에 비하면 상당히 많은 수의 우수한 헌터가 분포한 것이었다.

하지만 전반적으로 헌터의 수준이 높음에도 불구하고, 대한민국의 영역은 한반도라는 좁은 땅덩어리에 불과했다.

그나마도 과거 북한이라는 괴뢰 집단이 점령한 북쪽은 몬스터에게 빼앗긴 상태였다.

대격변 직후에는 북한도 사태에 잘 대처하는 듯 싶었으나, 힘을 가지게 된 국민들이 대거 탈북하며 몬스터를 막을 사람이 절대적으로 부족해졌다.

북한 지도부는 평양을 중심으로 방어 작전을 펼쳤는데, 그 외의 지역에서 터진 게이트 브레이크가 쌓이고 쌓인 대규모 몬스터 웨이브를 막을 수는 없었다.

대규모의 몬스터 군세는 아무 능력도 없는 군인들로 구성된 1차 저지선을 순식간에 돌파하며 평양 시내로 침입했다.

2차 저지선엔 북한을 떠나지 못한 대부분의 능력자들이 포진했지만, 숫적 열세를 이겨낼 정도로 대단한 사람은 없었다.

결국, 평양은 순식간에 몬스터에 의해 함락되고 말았다.

만약 북한의 동맹국이던 중국이 지원 병력을 보냈다면, 중국이 아닌 다른 어떤 나라라도 도움의 손길을 뻗었다면 역사는 달라졌을 것이다.

그러나 중국 정부는 북한 지도부의 구원 요청을 묵살해 버렸다.

당시 중국도 그 넓은 땅 곳곳에서 터지는 게이트 브레이크를 막지 못하는 상황이라, 동맹인 북한을 도울 수 있는 여력이 없었다.

더욱이 중국의 경우, 대격변 초기부터 위험 분류 4등급과 5등급 몬스터가 출현하면서 상당한 피해를 입은 상태였다.

사실상 중국이 자신들을 도울 수 없다는 걸 확인한 북한은 남쪽의 동포인 대한민국에 구원을 요청하기에 이르렀다.

하지만 대한민국이라고 뾰족한 수가 있는 것은 아니었다.

중국보다 사정이 좋기야 하지만, 그렇다고 북한에 도움의 손길을 내밀 여유는 없었다.

이는 전 세계 어느 나라나 마찬가지였다.
국제 연합에 속한 다른 회원국들도 제 코가 석자다 보니, 다른 나라에 도움의 손길을 내밀 엄두가 나지 않았다.
그렇게 북한은 다른 제3세계 국가들처럼 게이트 브레이크로 쏟아지는 몬스터를 감당하지 못하고 역사의 뒤안길로 사라졌다.
뒤늦게 북한이 몬스터에게 평양을 빼앗기며 멸망했다는 것을 알게 된 대한민국 정부는 특단의 조치를 내렸다.
그건 바로 각성자와 맹수의 유전자를 시술받은 슈퍼 솔저를 징발해 대몬스터 기관을 창설했다.
처음에는 국가 존립을 위해 몬스터를 상대로 전쟁하기 위한 기관이기에 군에서 능력자들을 통제했지만, 시간이 흐르면서 민간인 각성자들의 불만이 터져나왔다.
원래부터 군인인 슈퍼 솔저들이야 별다른 불만이 없지만, 민간인이던 각성자들은 생각이 달랐다.
처음에는 수에서 밀려서, 그리고 가족을 지킨다는 생각에 불만을 억눌렀다.
하지만 시간이 지나면서 기관의 규모가 커지며 군의 불합리한 작전 지휘를 납득할 수 없다는 이들의 수가 늘어만 갔다.
각성자들 중 미필자들은 어차피 군대에 가야 하기에 조금 불만이 덜했으나, 이미 전역한 뒤에 각성한 사람들은 한 번

가는 것도 힘든 군대를 강제로 한 번 더 가게 된 상황이었다.

그것만으로도 불만이 터져 나오는 건 당연한 일이었다.

그렇다고 이들이 다른 나라의 헌터들처럼 몬스터를 잡아 많은 돈을 벌어들이며 대접받는 것도 아니었다.

고작 9급 공무원 수준의 월급을 받으며, 살아 있는 병기 취급을 당할 뿐이었다.

똑같은 상황에서 다른 나라의 각성자들은 자신의 특기를 살려 엄청난 부를 축적하며 재벌 못지않게 떵떵거리고, 한국의 각성자들은 월급쟁이 신세를 면치 못하고 어려운 생활을 강제당하다 보니 없던 불만도 절로 생길 판이었다.

각성자들은 목숨을 걸고 싸워 힘겹게 쟁취한 몬스터 사체로 정부와 기업이 이윤을 독식하는 것에 반발해 이의를 제기하며 나섰다.

그러자 정부와 커낵션이 없어 손가락만 빨던 기업가들이 적극적으로 나서서 시대의 흐름에 편승해 각성자들의 목소리에 힘을 실어줬다.

그러자 정부와 이윤을 나누던 기업들마저 각정자들의 편으로 돌아섰다.

정부를 배제하면 자신들이 더 많은 이익을 챙길 수 있다는 계산 때문이었다.

그렇게 상황이 순식간에 바뀌자, 정부는 군이 아닌 별개의 정부 기관인 헌터 협회를 설립해 각성자와 유전자 변형 시술을 받은 이들을 헌터라 명명하며 관리하기에 이르렀다.

그때, 많은 헌터들이 협회에 등록해 몬스터를 잡을 수 있는 라이선스를 취득했고, 그중 많은 수의 고레벨 헌터들이 기업에 스카우트돼 헌터 길드를 만들었다.

그런데 웃긴 것은 군에서 헌터를 관리하며 몬스터를 사냥할 때보다 민간 기업이라 할 수 있는 길드에서 더 많은 수의 몬스터를 잡았다는 점이다.

사냥한 몬스터가 곧 돈이 된다는 건 헌터들에게 강력한 동기를 부여하기에 충분했다.

하지만 끝끝내 바뀌지 않은 것도 있었다.

그것은 바로 모든 헌터는 협회에 등록해야 한다는 것이었다.

레벨이 오르는 정도야 헌터 브레슬릿으로 간단하게 등록 가능하지만, 십의 자리 숫자가 바뀌는 등급 상승 구간에 이른 헌터는 직접 헌터 협회에 출두해 등록과 함께 심사를 받아야만 했다.

만약 이를 위반했을 경우, 한 차례 경고를 받게 되고 경고가 두 번 누적되면 자격이 정지된다.

헌터 라이선스가 정지되면 해당 헌터는 당장 던전 출입이 금지된다.

그럼에도 불구하고 이후에도 계속해서 등록을 미루면 어떤 사정이 있더라도 즉시 구속된다.

이는 헌터가 등록을 회피하는 이유 중 가장 큰 비중을 차지하는 게 범죄를 저지른 헌터들이 구속을 피하기 위함이기 때문이었다.

일반인의 범죄도 심각하지만, 각성이나 유전자 변형 시술로 일반인을 훌쩍 뛰어넘는 능력을 가지게 된 헌터들의 범죄는 무척 심각하게 생각할 수밖에 없었다.

빌런은 같은 헌터 외에는 막을 수도 없는데다, 간혹 특수능력을 가진 빌런의 경우에는 범죄의 증거를 전혀 남기지 않으며 심각한 테러를 가할 수 있었다.

그러니 두 차례의 기회에도 자진 신고하지 않은 헌터는 바로 빌런으로 분류된다.

그럴 경우, 헌터들에게 발견되면 바로 현장에서 사살되는 게 기본이고, 정말 운이 나빠 구속당하게 되면 간단한 재판을 통해 사형 등의 중형을 선고받는다.

그러나 이렇게 강력한 헌터 관리법에도 불구하고, 빌런은 날로 늘어나는 추세였다.

그도 그럴 것이, 빌런과 헌터를 구별하는 일이 여간 힘든 게 아니고, 빌런으로 밝혀지더라도 이들을 잡아들이는 건 더욱 지난한 일이기 때문이었다.

그렇기 때문에 헌터 협회도 고레벨 각성 헌터와 시술 헌터를 특수부대로 운용해 범죄자들을 체포하거나 현장에서 즉결심판을 진행했다.

협회와 정부의 강력한 의지 덕분인지, 요즘엔 선천적으로 사회생활이 불가능할 정도의 싸이코 패스나 소시오 패스가 아닌 이상 헌터 협회의 규정을 잘 지키기 위해 노력했다.

*　　　*　　　*

대한민국 헌터 협회.

재식은 건물 앞에 서서 그 위용을 다시 한 번 느꼈다.

일전에 챠콥에게 붙잡혀 생체 실험을 당했다가 협회의 특수부대인 유니콘의 제5전대에 의해 구원받아 이곳 지하에서 신세진 적이 있었다.

물론, 치료와 함께 조사도 병행하며 스트레스를 받았지만, 재식은 참을 수 없을 정도의 불만을 느낀 건 아니었다.

아니, 목숨을 건질 수 있었으니, 불만이 있더라도 참았다는 게 옳은 표현이었다.

"후우, 들어가야지. 숨길 수 있는 것도 아니니까."

재식이 헌터 협회를 찾은 이유는 얼마 전 50레벨을 달성했기 때문이다.

차콥의 마법 실험으로 마법진을 시술받아 강력한 힘을 수중에 넣으면서 5등급이 되기는 했지만, 6등급이 되는 건 요원하다고 생각했다.

6등급을 달성하기 위해선 죽지 않을 정도의 경험과 엄청난 에너지를 축적해야 하는데, 그 기간은 통상 4등급에서 5등급으로 오르는 기간의 배 이상 걸린다는 게 정설이었다.

그것도 헌터 파티나 공대, 또는 클랜이나 길드에 소속돼 정기적으로 몬스터 헌팅을 한다는 가정에서 나오는 계산이었다.

그런데 그렇게 밀어줘도 힘든 일인데, 재식은 상위 헌터 길드 중 하나인 성신 길드의 감시를 받는 처지인데다 엄청난 약점을 안고 있기까지 했다.

사실 성신 길드에서 퇴출당했을 때, 재식은 5등급 헌터가 되는 것조차 불가능한 일이라 여겼다.

그런데 운이 트인 것인지 재식은 차곡차곡 경험과 에너지를 쌓았고, 차콥의 마법 실험으로 김태원의 불법 생체 실험으로 생긴 부작용을 상쇄할 수 있었다.

그뿐만 아니라, 심장에서 솟아나는 마력으로 인해 5등급 중후반 정도의 힘을 발휘할 수 있게 된 재식은 빠르게 성장할 수 있는 발판을 마련한 셈이었다.

자신의 강점이 무엇인지 잘 아는 재식은 다른 이들의 도움 없이 솔로 플레이로 몬스터를 사냥하면서 일반적인 헌터보다 더욱 빠르게 레벨을 올릴 수 있었다.

결정적인 계기는 마법을 익히기로 한 며칠 전의 결심이었다.

사실 재식은 에너지 드레인으로 3클래스의 마력을 뼈에 모으면서도 그리 큰 기대를 품지는 않았다.

5클래스 경지를 이룩한 챠콥도 헌터 협회의 에너지 측정기에는 위험 분류 3등급에 불과했고, 재식이 도달하려는 경지는 겨우 3클래스였다.

두 단계나 높은 5클래스도 3등급으로 표시됐으니, 겨우 3클래스 정도라면 그보다 적은 에너지가 발생할 게 빤했다.

현재 자신이 보유한 에너지가 늘어나기야 하겠지만, 심사를 받아야 할 정도일 리가 없었다.

그런데 재식의 예상은 보기 좋게 빗나갔다.

재식의 예상을 빗나가게 만든 것은 챠콥의 실험실에서 먹은 마법진과 마정석 때문이었다.

재식은 느끼지 못했지만, 그것들은 계속해서 재식의 몸 안에서 꾸준히 적은 양의 마력을 내뿜었다.

재식의 심장에 있는 마법진의 힘에 비해 미약하기에 느끼기 어려울 뿐이었다.

그런 상황에서 재식이 다이어 울프의 피에 포함된 에너지를 몸속으로 받아들자, 공명을 일으키며 마력석이 더욱 활성화됐다.

그 덕분에 다이어 울프의 피에서 얻을 수 있는 마력은 간신히 3클래스 마법을 시전할 수 있는 최소한의 양이었는데, 훨씬 많은 마력을 쌓으며 5클래스 러너급의 에너지를 보유하게 됐다.

그건 재식이 원래 보유한 마력을 상회할 정도였고, 재식의 몸에 쌓인 에너지의 총량은 순식간에 증가하며 6등급에 턱걸이할 수준이 되고 말았다.

당시 재식은 자신의 헌터 브레슬릿이 측정한 에너지가 6등급 최소 수치를 충족했다는 안내에 넋을 놓은 채 두 눈만 껌뻑거렸다.

하지만 더 놀라운 사실은 브레슬릿이 측정한 에너지는 뼈 속에 있는 마력의 양일 뿐이라는 점이었다.

재식이 원래 가진 5등급 후반의 마력은 이번에 얻은 마력에 가려져 측정되지 않았다.

주력이던 심장의 마력보다 이번에 쌓은 마력이 더 많기 때문에 헌터 브레슬릿은 보다 진한 마력에 반응해 그것만 표시한 것에 불과했다.

이는 헌터 협회뿐만 아니라, 지구의 과학이 마법의 특징을 제대로 파악하지 못하기에 벌어진 일이었다.

재식 역시 마법에 대한 지식이 있다지만, 친숙할 정도로 자주 접한 것은 아니기 때문에 이러한 맹점이 있다는 걸 염두에 두지 못했다.

만약 재식이 이 사실을 알게 된다면 선 채로 까무러쳤을 것이다.

그뿐만 아니라, 재식이 심장의 마력과 뼈에 쌓은 마력을 통합해 사용할 수만 있다면 훨씬 높은 경지를 이룰 수 있을 터였다.

겨우 6등급 초입에서 그치는 게 아니라, 6등급 후반이나 어쩌면 7등급까지도 받을 수 있을 정도였다.

어찌 됐든 재식은 6등급의 마력을 쌓았다는 헌터 브레슬릿의 안내에 따라 라이선스를 갱신하기 위해 협회 본부를 찾았다.

5등급까지는 지부에서 신고해도 되지만, 6등급부터는 고급 전력에 속하기에 협회 본부에서 직접 심사를 담당하고 라이선스를 갱신해 주고 있었다.

"후우……."

재식은 협회 본부 건물로 들어가기 전에 다시 한 번 심호흡했다.

자신이 6등급 헌터로 라이선스를 갱신하러 왔다는 사실이 믿기지 않아서 만감이 교차하기 때문이었다.

얼마 전까지만 해도 불법 생체 실험의 부작용으로 온전한 중급 헌터로 활동하는 것도 쉽지 않았다.

명색이 중급 헌터임에도 쪽팔리게 등급에 맞지 않는 고블린을 찾아다닌 적도 있었다.

그런 하급 헌터들의 눈치가 보이자 남들이 잡지 않는 몬스터를 찾아다녔는데, 덕분에 죽을 뻔한 위기를 겪었다.

'결국, 그 위기가 기회로 바뀌어 마침내 이 자리까지 올 수 있었지만.'

이런저런 오만가지 생각이 머릿속을 가득 채우다 보니 복잡한 심정이 되는 것은 당연했다.

"어? 재식아, 여긴 어쩐 일이야?"

그때, 심란한 표정을 지은 채 인상을 찌푸린 재식을 발견한 누군가가 아는 척했다.

6. 6등급 헌터 측정

대한민국 헌터 협회 직할 특수부대인 팀 유니콘의 제5전대장인 최수연은 협회 본부를 방문했다.

6등급 라이선스 시험이 있다기에 혹시나 아는 사람이지 않을까 하는 심정으로 찾아온 것이었다.

유니콘의 4전대까지는 정원 열두 명을 채워 완편된 상태지만, 최수연이 맡은 제5전대는 그녀를 포함해 겨우 다섯 명만 모집된 상태였다.

최소 다섯 명은 더 채워야 정규 전대로 인정받아 독립 작전을 수행할 수 있었고, 특히나 제5전대는 전위에 서서 몬스터의 시선을 붙잡아줄 탱커의 영입이 무엇보다 중요했다.

전격 능력을 각성한 그녀를 포함해 제5전대의 멤버들은 모두 원거리 특성 각성자이거나 신성 능력으로 서포터 포지션을 맡고 있기 때문이었다.

전격 능력자인 최수연과 불 속성을 각성한 권인하, 그리고 바람 속성인 정미나와 얼음 속성의 이하윤까지 네 명 전부가 원거리 공격에 특화된 헌터이기 때문에 전대의 화력은 넘치면 넘쳤지 전혀 부족하지 않았다.

거기에 신성이라는 유니크한 속성을 각성한 신초롱은 부상을 치료해 주는 힐러면서도 헌터의 능력을 증가시킬 수 있는 버퍼였다.

사실 인원수는 절반 수준이지만, 다른 완편된 전대에 비해 거의 80% 정도의 전력을 가졌다.

그럼에도 제5전대가 단독 작전을 나가지 못하는 것은 탱커가 없기 때문이었다.

탱커가 전위에 서서 몬스터를 막아준다면, 나머지 전대원들은 공격과 보조에 집중할 수 있기 때문에 제5전대의 전력은 급상승할 게 분명했다.

그런 기대를 품은 건 헌터 협회도 마찬가지이기 때문에 제5전대에 각별한 신경을 쏟으며 유능한 탱커를 소개해 주기도 했으나, 최수연은 번번이 고사하며 인재 영입에 신중을 기했다.

덕분에 매번 팀 유니콘의 전단장에게 불려가 잔소리를 듣는 최수연이지만, 그럼에도 그녀는 꿈쩍도 하지 않고 자신의 뜻을 고수했다.

일견 답답해 보이는 최수연의 행동이지만, 그녀가 신중을 기하게 된 계기가 있기 때문에 전대원들은 그녀의 편에 서서 함께 목소리를 냈다.

최초에 협회에서 소개한 탱커는 여자를 밝히는 남자로, 툭하면 성희롱 발언을 일삼으며 다른 전대원들과 마찰을 빚었다.

그다음으로 추천받은 탱커는 능력은 특출 났으나 전대장인 최수연이 여자라는 이유로 무시하며 지시받은 대로 행동하는 걸 거부했다.

그는 한술 더 떠서 여자가 전대를 이끄는 게 힘들 테니, 자신이 전대장을 맡으면 어떠냐는 망발까지 지껄였다.

그 후로도 여러 사건으로 제5전대의 탱커는 공석으로 남게 됐다.

그나마 괜찮은 편이던 마지막 탱커도 문제를 일으키자, 전대원들 사이에선 그냥 탱커 없이 완편만 하자는 의견이 나올 정도였다.

마지막 탱커는 제5전대가 모두 여성들로 구성돼 있다는 것에 정신이 팔려 헌터 본연의 임무에 신경 쓰기보다는 그녀들을 어떻게 해볼 사심이 가득한 사람이었다.

제사보다는 젯밥에 더 마음을 쓰는 게 마음에 들지 않았지만, 전투 중에는 성실하게 자신의 역할을 수행했기 때문에 최수연은 당분간 지켜보자는 쪽으로 판단을 보류할 수밖에 없었다.

게다가 전대 내에서 관계가 발전해 연인 사이가 된다면, 그 또한 좋은 일이니 그냥 넘어갈 수 있었다.

하지만 헌터 협회 직속 헌터, 그것도 각성자로만 이루어진 특수부대의 일원이란 점과 탱커라는 포지션을 맡는다는 우월 의식이 너무도 강한 나머지 임무 외적으로 사이가 틀어지고 말았다.

특히나 전대원들을 그저 가벼운 연애 대상으로 생각한다는 게 밝혀지면서 관계가 돌이킬 수 없을 정도로 틀어지고 말았다.

최수연은 탱커들을 쫓아버릴 때마다 직접 전당장을 찾아가 담판을 지을 수밖에 없었고, 이젠 그런 귀찮은 일은 사양하고 싶었다.

하지만 직접 탱커를 구하는 건 생각보다 어려운 일이었다.

제5전대에 속한 대원들은 속성도 속성이지만, 그 힘이 다른 비슷한 능력자들보다 훨씬 더 강력했다.

그러다 보니 평범한 탱커는 그녀들의 화력 속에서 몬스터의 어그로를 잡는 게 여간 고역이 아닐 수가 없었다.

그 때문에 사고가 날 뻔한 적도 있었다.

다행히 아직 인원이 부족한 제5전대는 다른 전대와 합동으로 몬스터 레이드에 참가한 상황이었고, 급하게 다른 전대의 탱커가 나서서 몬스터를 막아준 덕분에 무사히 위기 상황을 모면할 수 있었다.

만약 그대로 몬스터의 공격이 제5전대원들에게 가해졌다면 그녀들 중 몇 명은 생명을 잃었을지도 모를 순간이었다.

'하아, 대한민국 헌터가 적은 것도 아니고 실력자가 없는 것도 아닌데, 실력도 뛰어나고 인성도 합격점인 탱커를 발견하는 게 이렇게나 힘들 일인가?'

속으로 한숨을 푹 내쉰 최수연의 어깨가 축 처졌다.

오늘 헌터 협회에서 6등급 라이선스를 받을 헌터 중에 자신의 전대에 어울리는 헌터가 없다면, 한동안은 또다시 탱커 없이 임무를 수행해야 할 판이었다.

'너무 급하게 생각하지 말자. 탱커가 급한 건 사실이지만, 인성만 괜찮다면 딜러나 서포터 한두 명 정도는 더 받아도 되니까.'

최수연이 생각하는 최적의 전대 구성은 현재 인원에 탱커 두 명과 탱커를 받쳐 줄 수 있는 근거리 딜러 두셋을 더 영입하고, 힐이 되는 서포터 한두 명을 더 받는 것이었다.

전대에 탱커는 한 명으로도 충분하다는 사람도 있지만, 최수연은 기본적으로 두 명은 있어야 안전하다고 생각했다.

대부분의 상황에선 한 명이어도 충분하지만, 몬스터 레이드 중에는 혼자 시선을 붙들기 어려운 몬스터도 존재했다.
그럴 때를 대비한 서브 탱커가 한 명 더 필요했다.
근거리 딜러를 영입하려는 이유도 서브 탱커와 유사한 이유 때문이었다.
서브 탱커도 사람인 이상 실수할 때가 있을 것이다.
근거리 딜러들은 그때 나서서 탱커가 다시 시선을 붙잡기 전까지 몬스터가 원거리 딜러나 서포터에게 접근하지 못하게 막아줘야 했다.
아무래도 전문적으로 몬스터의 주의를 끄는 탱커보단 못하겠지만, 원거리 딜러나 서포터보다는 근거리 딜러가 나을 터였다.
마지막으로 신초롱이라는 스페셜 리스트가 있다지만, 그녀 혼자서 열 명의 전대원을 떠받치는 건 힘든 일이기 때문에 치료가 가능한 서포터를 영입해 여유를 두는 게 좋았다.
위급한 상황에서 그녀 혼자서 모든 전대원의 상처를 돌보고, 상황에 맞게 버프를 주는 건 물리적으로 불가능한 일이기 때문이었다.
힐러가 둘로 늘어나면 한 명은 탱커 전담으로 두고, 신초롱은 버프와 힐을 상황에 맞춰 사용할 수 있을 테니, 화력이 좋은 제5전대라면 안정감 있게 빠르게 몬스터를 사냥할 수 있을 것이다.
이는 이미 유니콘의 전단장에게 허락을 받아둔 사안이라,

최수연의 기준을 통과한 헌터만 등장하면 될 일이었다.

최수연은 부디 오늘은 유의미한 성과를 거둘 수 있기를 마음속으로 기도했다.

그런데 협회 본부로 들어가는 사람들을 가만히 주시하던 그녀는 입구에서 서성거리는 한 남자를 발견했다.

'어? 저건 재식이잖아?'

최수연은 빠른 걸음으로 막 헌터 협회로 들어가려는 재식에게 다가갔다.

"어? 재식아, 여긴 어쩐 일이야?"

재식은 막 결심을 굳히고 협회 본부로 들어가려다 말고, 뒤에서 들린 목소리에 고개를 돌렸다.

그는 자신을 부른 사람이 최수연이라는 걸 깨닫고 발걸음을 멈췄다.

"오랜만이에요, 누나."

"그래. 오랜만이네. 협회 본부엔 무슨 일이야?"

"아, 그게… 헌터 브레슬릿에서 라이선스를 갱신하라는 안내가 나와서요."

"뭐?"

헌터 협회가 6등급 이상의 헌터의 라이선스를 갱신하는 건 기본적으로 분기별로 기간이 정해져 있었다.

하지만 헌터가 사냥 중에 6등급을 달성하는 시기가 일정할 리가 없었다.

몬스터 레이드를 하다 보면 어느 순간, 몸에 축적된 에너지가 6등급에 걸맞은 정도가 쌓이게 되고, 그것을 헌터 브레슬릿에 들어 있는 센서가 포착해 신호를 보내기 때문이었다.

그러다 보면 자칫 신고 기간을 넘기게 되는 경우가 발생했다.

그래서 헌터 협회도 기존에 6개월마다 한 번씩 진행하던 것을 3개월에 한 번씩 하는 것으로 바꿨다.

그럼에 불구하고 제때 신고하지 않아서 기간을 넘기는 헌터들이 있었다.

그럴 때면 어느 정도 융통성을 발휘해 신고 기간을 넘긴 기간이 짧다면 가벼운 경고와 함께 넘어가기도 하고, 좀 길다 싶으면 벌금이 부과되기도 했다.

하지만 보통은 그런 경우는 잘 없었다.

6등급 신고를 앞둔 헌터라면 길드나 클랜 등의 단체에 속한 이들이 대부분이기에 본인 대신 신고를 접수해 줬다.

본인이 직접 협회에 출두하는 것은 협회에서 이들을 한데 모아 테스트하는 날을 통보해 주었을 때뿐이었다.

그때, 헌터 협회에 모여 테스트를 받아 등급이 인정되면 6등급 라이선스가 발급된다.

하지만 테스트 결과, 브레슬릿이 6등급 수준의 마력이 측정됐다는 안내를 받았음에도 라이선스를 갱신하지 못하는 경우도 있었다.

이럴 때엔 다음에 다시 협회를 방문해 테스트를 통과해야 정식으로 6등급 라이선스를 받는다.

그렇지 못하고 두 번 모두 테스트에서 탈락하면 5등급에 머무르게 된다.

그런 일이 종종 발생하기 때문인지, 헌터들은 브레슬릿의 안내로 자신이 6등급의 에너지를 가지게 됐다는 걸 알더라도 곧바로 헌터 협회에 찾아가 라이선스를 갱신하지 않았다.

그도 그럴 것이, 마력만 6등급이고 실력은 6등급 헌터에 이르지 못했다는 판정을 받게 되면 본인은 물론이고, 그 헌터가 소속된 클랜이나 길드 모두 체면이 깎이기에 조금 시간을 두고 테스트에 응하는 경우가 대부분이다.

그런데 재식은 이러한 상급 헌터들 간의 정보를 알지 못하기에 브레슬릿에서 라이선스를 갱신하라는 안내를 받은 다음 날 바로 협회 본부를 찾은 것이었다.

"뭐? 벌써 6등급 라이선스를 갱신하라는 안내를 받았다고?"

수연은 방금 자신이 들은 이야기를 믿을 수가 없었다.

자신이 재식을 고블린 던전에서 구출한 것이 불과 얼마 전이기 때문이었다.

날짜로만 따지면 2주도 채 지나지 않은 시점이었다.

당시 자신이 쏜 전격에 맞은 재식이 기절하는 바람에 급히 협회 치료실에 넣었으니 확실하게 기억할 수 있었다.

게다가 재식이 깨어났을 때, 그는 신체에 이상이 없는지 각종 테스트를 받으며 등급 검사도 병행했는데, 당시 재식은 5등급 초반 수준의 에너지를 가지고 있는 것으로 확인됐다.

그렇기에 헌터 협회는 규정대로 5등급 라이선스를 발급했지만, 한편으로는 조금 의아하게 여길 수밖에 없었으리라.

그도 그럴 것이, 재식이 4등급 헌터가 된 시기와 5등급으로 올라선 시기의 간격이 너무 짧기 때문이었다.

물론, 헌터 등급을 빠르게 올리는 헌터가 아예 없는 것은 아니었다.

하지만 그들은 모두 각성 헌터라는 특징이 있었다.

시술 헌터로서 각성 헌터만큼 빠른 성장 속도를 보여준 것은 재식이 유일했다.

그렇기 때문에 최도경처럼 재식을 부정적으로 바라보는 이들은 그가 무언가 불법적인 일을 저질렀을 것이라 의심했다.

하지만 최수연처럼 재식에게 호의를 가진 이들은 재식의 자질이 뛰어나다고 생각했다.

다만, 안타까운 점은 재식을 좋은 시선을 바라보는 이들보다 백안시하는 이들이 압도적으로 많다는 것이었다.

"어떻게 그런 일이 가능한 거야?"

최수연은 재식에게 호감을 품은 사람임에도 불구하고, 의심의 눈초리로 재식을 바라봤다.

헌터 라이선스를 갱신한 지 불과 2주도 지나지 않은 상황에서 고위급 헌터의 지표가 되는 6등급 라이선스를 받겠다고 하니, 어쩔 수 없는 반응이리라.

너무 놀란 최수연이 자신도 무르게 머릿속에 떠오른 말을 입 밖으로 내뱉자, 재식은 나직한 말투로 간단하게 설명했다.

"그냥 제가 사냥 중에 깨달은 것이 있어서요."

"깨달았다고?"

최수연은 다시 한 번 깜짝 놀랐고 말았다.

재식의 말이 무슨 뜻인지 짐작 가는 바가 있기 때문이었다.

그는 유전자 시술로 중급 헌터가 되었다.

즉, 유전 공학의 힘을 빌어 강제로 능력을 주입받은 케이스였다.

학자들은 유전자 변형 시술을 받은 헌터가 각성하는 것은 거의 불가능하다는 연구 결과를 내놨다.

다만, 예외적으로 아주 특수한 이들이 그 불가능을 가능으로 바꾸었는데, 학자들은 이들의 특수성을 고려해 스페셜을 뜻하는 S급 헌터라 불렀다.
처음에는 이 S급 헌터 때문에 말이 많았다.
다른 헌터보다 월등히 강한 헌터들이 인류의 새로운 적으로 돌아설 가능성도 배제할 수 없기 때문이었다.
하지만 헌터의 능력이 많아진다는 것은 그만큼 몬스터를 잡는 데 특화된다는 의미였다.
그것은 결국, 일반인들이 더욱 안전해진다는 결론으로 이어졌기에 사람들은 스페셜 등급의 헌터가 나올 때마다 열렬한 환호를 보냈다.
게다가 이미 그 이전에 각성 능력자들 중에서 다시 한 번 각성해 두 가지 속성을 다루는 이들의 존재가 밝혀진 바 있기에 사람들의 반발이 적기도 했다.
'시술 헌터 중에 각성한 사람 중에 유명한 건 백강현이고, 각성 헌터가 한 번 더 각성하는 건 수형이니까… 재식이는 전자에 속하네.'
최수연은 문득, 자신의 주변에 특별한 사람이 많다는 생각이 들었다.
잘 알려지지는 않았지만, 그녀가 스승으로 생각하는 팀 유니콘의 전단장도 두 가지 속성을 다루는 각성자였다.
자신의 친동생도 이중 속성 각성자인데, 이번엔 시술 헌터인 재식이 각성을 거쳐 스페셜 헌터가 되었다.
"그게 뭔지 설명해봐."

최수연은 자세한 상황이 알고 싶어지자, 곧장 재식을 재촉했다.

"전에도 한 번 언급했지만, 던전에서 고블린에게 당한 이후로 뭔가 자꾸만 머릿속에 떠올랐는데, 얼마 전에 그것들을 실제로 연습하다 보니 저절로 깨닫게 됐어요."

재식은 자신이 6등급의 마력을 가지게 된 계기를 적당히 둘러댔다.

고블린 던전에서 차콥에게 마법 실험을 당한 뒤, 헌터 협회에서 깨어날 때까지 재식은 차콥의 기억을 직접 경험했다.

그리고 그 속에서 이계의 학문인 마법을 알게 됐고, 언젠가는 그것을 자신의 힘으로 만들겠다는 계획하에 몬스터를 사냥했다.

그러던 중 뜻하지 않게 마법을 활용하자는 생각이 들었고, 바로 마법을 익혔다.

따지고 보면 어제도 며칠 전이라 볼 수 있으니, 아예 거짓말로 둘러댄 건 아니었다.

그렇기에 재식은 막힘없이 설명을 이어 나갔고, 그의 이야기를 듣는 최수연은 어떤 미심쩍은 부분도 찾아낼 수 없었다.

"그게 사실이라면……."

재식의 이야기가 끝나자 수연은 작게 혼잣말을 중얼거렸다.

전날 그녀는 감찰실에 불려가 조사를 마친 뒤, 재식과 이야기를 나누다 그의 사정을 어느 정도 알게 됐다.

성신 길드에서 재식이 당한 일과 그와 악연으로 얽힌 인물들이 떠오르자, 최수연은 그의 앞날이 걱정될 수밖에 없었다.

아무 상관없는 사이라면 그냥 모른 척 넘겨버리면 그만이지만, 재식은 동생의 친구였다.

게다가 오랜만에 만나 잠깐 대화를 나눴을 뿐이지만, 책임감 있고 인성 또한 올바른 사람이라는 걸 한눈에 알 수 있었다.

그러다 보니 나이는 자신보다 어리지만, 남자로서 호감이 조금 생긴 것도 사실이었다.

'으음, 재식이 S급 헌터가 된 건 축하할 일인데, 한창 기세를 올리는 중인 성신 길드가 어떻게 나올지 모르겠네.'

최수연은 재식의 앞날을 우려하며 미간을 좁혔다.

아무리 뛰어난 헌터라도 단체의 힘을 극복해 내는 건 어려운 일이었다.

더욱이 성신 길드의 경우, 수장인 백강현이 7등급 헌터로 알려져 있지만 어쩌면 8등급일지도 모른다는 이야기가 나올 정도의 손꼽는 강자였다.

그뿐만 아니라, 성신 길드는 이제 대한민국 10대 헌터 길드 중에서도 최강인 화랑과 어깨를 견줄 정도로 성장했으며, 그 배후에는 성신 제약이라는 대기업이 자리 잡고 있어 사실상 혼자 상대하는 건 불가능할 정도였다.

물론, 협회라든가 화랑 길드든가 성신보다 거대한 집단이 있지만, 그들이 한 사람을 위해 성신의 압력을 막아줄 바람막이가 돼줄 것이라 기대하는 건 헛된 망상에 지나지 않았다.

'이거 앞으로 큰일이 터질 게 분명한데…….'

최수연은 속으로 혀끝을 차며 터져 나오는 한숨을 삼켰다.

*　　　*　　　*

협회 본부의 등급 측정실 밖에는 수많은 사람들이 몰려와 창문 너머를 구경했다.

그 가운데에는 협회 고위 관계자와 그 수행원들의 모습도 찾아볼 수 있었다.

이들이 측정실에 방문한 이유는 바로 불과 2주 만에 6등급을 달성한, 아니, 6등급 라이선스 갱신을 위해 방문한 헌타가 있다는 소식을 접했기 때문이다.

더욱이 이토록 빠르게 등급 업을 신청한 헌터가 유전자 시술을 받은 사람이라는 점은 이들의 흥미를 끌기에 충분하고도 남았다.

각성 헌터야 아직까지도 정확하게 분석되지 않은 미지의 영역으로 여겨지지만, 시술 헌터는 얘기가 조금 달랐다.

인위적으로 몬스터와 싸울 수 있도록 신체 능력을 향상시키는 시술은 철저한 연구의 반복 끝에 이루어 낸 성과다.

그런 만큼 어느 정도 정해진 규격이 있어서 그것을 벗어나는 이가 거의 없었다.

그렇기 때문에 협회 관계자는 물론이고, 협회를 방문한 길드원이나 클랜원들가지 구경에 나서며 측정실 앞은 인산인해가 따로 없었다.

"뭐가 이리 소란스러워!"

복도 안이 너무 소란스러워지자, 뒤늦게 소식을 듣고 달려온 백민수 감찰부 차장이 소리쳤다.

다른 부서도 아니고 헌터 협회 감찰부 차장이기에, 뭐라 한 소리 하려던 사람들은 그의 얼굴을 확인하자마자 조용히 입을 다물었다.

"아니, 이게 누구야. 최수연 전대장이잖아?"

측정실 창가로 향하던 백민수는 복도 한쪽 끝에 서 있던 최수연을 발견하자 반갑게 인사를 건넸다.

"네. 오셨습니까?"

측정실 안을 바라보던 최수연은 그의 목소리를 듣고 나서야 고개를 돌려 인사했다.

하지만 언제 그랬냐는 듯 인사를 마치자 그녀의 고개는

다시 측정실을 바라보기 위해 돌아갔다.

'이런…….'

얼마 전 트러블로 인해 살짝 틀어진 백민수와 최수연의 관계는 아직까지 개선되지 않은 상태였다.

백민수는 씁쓸한 미소를 지으며 고개를 절레절레 저었다.

'꼴통 같은 부하 직원 한 명 때문에 체면 구기네.'

사실 백민수는 나이 차이는 좀 나지만, 최수연에게 관심을 사고 싶었다.

한 사람은 협회에서 잘 나가는 팀 유니콘의 전대장이고, 다른 한 사람은 협회의 특수 부서인 감찰부의 차장이었다.

미모와 능력을 갖춘 재원인 최수연과 엘리트 감찰관인 백민수는 협회 내에서 능력을 인정받다 보니 한데 묶여 언급되는 경우가 많았다.

사람이라는 게 원래 관심이 없다가도 주변에서 떠드는 이야기를 듣다 보면 관심이 생기기 마련이었다.

백민수도 처음엔 최수연이 누군지 궁금할 뿐이었지만, 주변 얘기를 듣고 최수연을 한 번 만나 보고 싶었다.

그러다 우연히 최수현을 만난 백민수는 자신의 예상보다 더 아름다운 그녀의 외모에 한눈에 반하고 말았다.

하지만 최수연은 백민수에게 어떤 관심도 없기에 데면데면한 관계가 유지될 뿐이었다.

백민수 입장에선 그녀의 태도에 애가 탔는데, 2주 전에 문제가 발생하고 말았다.

부하 직원인 최도형이 사고를 쳤기 때문이다.

협회 내에서 최악의 평가를 받는 최도형과 언제나 긍정적인 언급뿐인 최수연이 맞부딪쳤으니 결과는 빤했다.

특히나 불의를 참지 않는 그녀의 성격 탓에 남자 직원들은 물론이고, 여성들에게도 엄청난 지지를 받았다.

단순히 증언만 받으면 될 일인데, 최도형은 귀신에 씌었는지 앞뒤 분간을 못하고 날뛰는 바람에 대형 사고가 터지고 말았다.

백민수는 이를 수습하기 위해 백방으로 이리 뛰고 저리 뛴 끝에 사건을 무마하는 데 성공했다.

그러나 최도형은 자신이 잘못했다고 생각하지 않는지 뻣뻣하게 버티며 자신의 뜻을 굽히지 않았다.

덕분에 백민수와 최수연의 관계는 서로 만나기 전보다 더욱 어색해지고 말았다.

원래부터 협회 직속 특수부대와 감찰부 간의 사이는 견원지간이나 마찬가지였는데, 이번 일로 더욱 사이가 멀어지다 보니 이젠 말을 붙이는 것조차 어려워졌다.

그나마 지금도 안면이 있으니 인사를 받아준 것이지, 그렇지 않았다면 인사하러 다가가는 것조차 불가능했으리라.

"그 사람이 왔다고 하던데……."

백민수는 조심스럽게 재식을 언급했다.

"네. 저도 협회 본부에 오다가 우연히 만났습니다."

고개도 돌리지 않은 수연이 창 너머로 보이는 재식의 옆모습을 바라보며 대답했다.

그런 최수연의 모습에 백민수는 작게 한숨을 내쉬며 자신도 시선을 돌려 창 너머에 있는 헌터들을 쳐다봤다.

헌터들의 등급이 올라가면 헌터 감찰부 직원들은 긴장하고 이들을 지켜봐야만 했다.

능력이 올라 고위 헌터가 되면 돌발 행동을 보이는 이들이 종종 있기 때문이었다.

저레벨 때는 자신을 잘 컨트롤하다가도 고레벨이 되면서 자신의 힘을 주체하지 못하거나, 스스로 과신한 나머지 잘못을 저지르고도 이 정도는 괜찮을 것이란 선민 의식을 가지는 경우가 대부분이다.

그들은 자신의 노력이 아니라 아주 우연히 얻은 능력, 또는 시술을 통해 다른 이가 준 능력을 마치 자신만 가질 수 있는 권능이라고 착각해 일탈을 저질렀다.

문제는 헌터가 일반인과는 다르다는 점이었다.

특히나 고위 헌터는 가진 힘이 크다 보니 그 반동 또한 컸다.

사고가 발생해도 저레벨 헌터와 고위 헌터가 치는 사고는 그 규모나 심각성 면에서 엄청난 차이를 보였다.

저레벨 헌터가 장마철에 강한 바람이 불어 담이 무너진

정도라면, 고위 헌터는 태풍이 몰아쳐 담은 물론이고, 축대가 무너져 건물이 쓰러지며 일대가 정전되는 것 이상이었다.

그러니 백민수의 눈에는 창문 너머에서 측정을 받는 헌터들 모두가 잠재적 범죄자로 보일 뿐이었다.

그에게 중요한 건 어떤 헌터가 6등급 라이선스를 받는지가 아니라, 측정 받는 헌터가 어떤 능력을 가졌는지 어떻게 능력을 발휘하는지 살펴보는 것이었다.

그들이 폭주하면 신속하게 제압할 필요가 있기 때문이었다.

'아직 시작하지 않은 건가?'

백민수는 십여 명의 헌터가 의자에 앉아 대기하는 모습을 눈에 담았다.

그중에는 조금 전 언급한 재식의 옆모습도 보였다.

'최도형의 말대로 뭔가 있는 건 아닌가?'

백민수는 전에 강압적으로 재식을 취조하던 최도형의 말이 떠올랐다.

당시 재식이 불법인 몬스터의 유전자를 시술받은 것도 의심스럽고, 거대 길드인 성신에서 비밀리에 진행한 연구 결과물인 그를 아무 조건 없이 내보내준 것 또한 충분히 수상했다.

성신 길드의 수장 백강현이 길드를 나가는 헌터에게 아무 조치도 취하지 않을 리가 없었다.

특히나 재식은 불법인 몬스터의 유전자를 보유하고 있으니, 언젠가 성신 길드가 의심받을 상황이 올 수도 있었다.

이에 대해 조사해본 결과, 성신 길드는 재식에게 비밀 엄수 사인만 받고 양자가 원만하게 합의해 길드를 탈퇴한 것으로 밝혀졌다.

하지만 이미 색안경을 쓴 백민수에게 겉으로 드러난 정보들은 눈에 들어오지 않았다.

'30레벨 초반에 탈퇴한 헌터가 불과 몇 달 만에 10레벨 넘게 성장하며 5등급 초입의 헌터가 된다는 게 가능한가?'

백민수는 눈살을 찌푸리며 재식을 노려봤다.

그는 유전자 시술의 부작용으로 중급 헌터 정도의 활약을 보이지 못하는 헌터라고 알려져 있었다.

솔직히 최도형의 의심은 일견 당연해 보였다.

하지만 그는 한 가지 실책을 저질렀다.

그건 바로 재식이 불법적인 몬스터 유전자 시술을 받았다는 것만으로 그를 범죄자라 단정 짓고 심문 방향을 정했다는 점이었다.

재식이 성신 길드를 나와 어떻게 생활했는지, 어떤 방식으로 사냥했는지는 훑어보지도 않았다.

최도형이 집중한 것은 짧은 기간에 레벨을 올리고 부작용을 극복했다는 것만 파고들었다.

재식이 또다시 불법을 저지른 게 분명하다는 억지에 불과했다.

하지만 백민수는 재식이 6등급 라이선스를 따러 왔나는 소식에 최도형의 주장 쪽으로 마음이 기울었다.

그가 아는 상식으로는 아무리 각성 헌터라 해도 불과 2주 만에 40레벨 초반에서 50레벨로 등급이 확 오르는 경우는 없기 때문이었다.

이는 상식적으로 설명되지 않는 일이기에 재식을 의심할 수밖에 없었다.

하지만 이러한 생각도 억측일 수도 있었다.

각성이란 게 어떤 방식으로 사람에게 힘을 선사하는 것인지 아직 자세히 밝혀지지 않았다.

몬스터 역시 아직 다 밝혀지지 않은 점들이 많이 남아 있었다.

그러다 보니 재식이 5등급에서 6등급으로 빠르게 성장할 방법을 찾아낸 것일 수도 있었다.

백민수는 복잡한 심정을 감추지 못하고 미간을 좁힌 채 재식을 의심 어린 눈빛으로 바라봤다.

*　　　*　　　*

"여기를 잘 봐주시기 바랍니다."

하얀 가운을 입은 금테 안경을 쓴 협회 소속 연구원 한 명이 앞으로 나와 은색으로 도금된 두 개의 철봉 기둥 같은 것을 가리키며 설명을 늘어놨다.

재식은 그의 설명을 듣고 나서 그게 모양은 다르지만 비슷한 기능을 가진 마력 측정기라는 걸 이해할 수 있었다.

"한 분씩 나와서 양손으로 여기 기둥을 잡고 서 계시면 저희가 측정을 할 겁니다."

설명이 끝나자 연구원은 자리에 앉은 순서대로 헌터들을 앞으로 불러 마력 측정을 진행했다.

재식의 앞에는 두 사람이 있었기에 그는 순서를 기다리면서 어떤 식으로 마력을 측정하는 지 지켜볼 수 있었다.

그런데 측정은 별게 없었다.

그저 조금 전 연구원이 말한 것처럼 기둥을 양손으로 잡고 그냥 대기하면 불이 들어올 뿐이었다.

파란색 불이 들어오면 연구원은 사람을 나오게 하고 다른 사람을 불렀다.

[다음 올라오세요.]

자신의 차례가 되자 재식은 다른 이들이 한 것처럼 철봉을 잡고 기다렸다.

두근두근.

별일도 아닌데, 괜히 심장이 두근거렸다.

지잉!

대기할 때는 듣지 못한 아주 작은 소리가 들렸다.

[네. 됐습니다. 이제 내려가세요.]

'뭐야? 벌써 끝난 거야?'

재식은 스피커의 안내에 따라 그곳에서 내려왔다.

그 뒤로도 다른 사람들이 조금 전 재식이 있던 곳에 자리를 잡았다.

그러자 재식은 무료한 상태로 멍하니 측정이 끝나는 걸 기다렸다.

오늘 6등급 라이선스를 받기 위해 협회 본부를 방문한 사람은 총 열 명이었다.

전원이 1차 마력 측정을 받았으나, 탈락한 사람은 아무도 없었다.

측정 결과를 손에 들고 나타난 연구원은 열 명을 이끌고 장소를 이동했다.

재식이 도착한 곳은 마치 사격 연습장을 방불케 하는 곳이었다.

"이번에는 마력 운영 능력을 측정하겠습니다."

간단한 설명 덕에 재식은 이곳에서 어떤 측정이 진행되는지 알 수 있었다.

연구원은 실내 한쪽에 마련된 무기가 있는 곳에서 각자 본인이 사용하는 무기와 비슷한 것을 들고 대기하라고 설명했다.

"한 명씩 올라가시면 바로 시작하겠습니다."

1차 마력 측정에서 처음 나선 이가 이번에도 가장 먼저 나섰다.

삐익—

휘익!

작은 비프음이 들리자마자 무언가가 사출돼 측정자를 향해 날아왔다.

이에 측정실 가운데 서 있던 응시자는 날아오는 물체를 향해 즉시 검을 휘둘렀다.

"타앗!"

쾅!

날아오던 물체는 검에 의해 박살 났다.

아니, 정확하게는 그가 휘두른 검에서 푸르스름한 빛이 일렁였고, 날아오는 물체를 향해 쭉 뻗어나가더니 날아오던 물체를 갈랐다.

그런데 특이하게도 뭔가 잘리는 날카로운 소리가 아니라 작은 폭음이 발생했다.

'뭔가 특별한 능력인가?'

재식은 조금 더 집중해서 남자의 능력을 살펴보자 마음먹었다.

이번에는 하나가 아니라, 두 개의 물체가 사출됐다.

그럼에도 불구하고 응시자는 전혀 당황하지 않고, 날아온 물체를 빠르게 잘라냈다.

그렇게 몇 차례 더 다수의 물체가 상하좌우 여러 방향에서 날아들며 시험자의 능력을 측정했다.

두 사람의 차례가 끝나자, 이번에는 재식의 차례가 돌아왔다.

재식은 이번 측정을 어떻게 할까 나름대로 고민했는데, 그냥 간단하게 슈팅 게임처럼 즐기면 되겠다고 편하게 생각했다.

측정실 밖으로 사람들이 몰린 걸 확인한 재식은 자신에게 관심이 쏠렸다는 걸 눈치채고 있었다.

그래서 능력을 숨기는 것보다는 자신의 힘을 선보이는 게 좋을 것 같다고 판단했다.

갑자기 강해진 걸 수상하게 여기는 사람도 있겠지만, 자신을 지켜보는 시선 중에 유독 위화감이 느껴졌기 때문이다.

재식은 그런 시선을 피하지 않겠다고 결정했다.

어차피 자신에 대해 협회 관계자들에게 많이 알려졌을 테니, 관심을 받는 것은 당연했고 여기서 뛰어남을 보여주면 귀찮은 날파리가 꼬이는 것도 방지할 수 있으리라.

게다가 자신과 다른 사람, 무언가 뛰어난 이를 보는 시선은 어딜 가나 마찬가지였다.

질투와 시기가 뒤섞인 그 부정적인 시선.

하지만 그들의 상식을 뛰어넘는 압도적인 능력을 선보인다면 아마 그런 시선은 우호적으로 바뀔 것이다.

"후우!"

재식은 이번 기회에 독한한 마법을 사람들에게 선보일 계획이었다.

자리를 잡고 선 재식은 심호흡했다.

마법이 지구상에 처음으로 선보이는 순간.

재식은 사람들 앞에서 마법을 시전하면 어떤 반응을 보일지 알 수 없어 조금 망설여졌다.

괜한 일을 벌이는 것은 아닌가 하는 생각도 들었지만, 이미 마음먹은 대로 행하기로 결심을 굳힌 상태였다.

7. 헌터 협회장의 고민

6등급 라이선스 취득을 위한 측정을 지켜보던 협회 관계자들은 깜짝 놀랐다.

앞선 두 명까지는 그렇게 놀랄만한 것이 없었다.

그저 보통 6등급 헌터 심사가 진행될 때 보던 수준 그 이상 그 이하도 아니었다.

하지만 세 번째로 나온 재식이 측정실 가운데 자리를 잡은 뒤로 상황이 급변했다.

분명 자료에 의하면 재식은 양손에 초근접 무기인 카타르를 사용한다고 나와 있었다.

근접 딜링을 하는 헌터들이 주로 사용하는 것은 검이나

창, 양손 도끼였다.

물론, 이보다 몬스터와의 교전 거리가 짧은 단검을 애용하는 헌터도 있지만, 그런 헌터도 처음부터 단검을 들고 몬스터를 상대하는 것은 아니었다.

단검 어디까지나 주 무기인 검이 부러지거나 사용할 수 없는 위급한 상황에 이르렀을 때, 임시 방편으로 사용하는 무기일 뿐이었다.

그런데 재식은 단검처럼 초근접 무기로 분류되는 카타르를 주무기로 사용하는 헌터였다.

그래서 준비된 카타르가 없어서 단검을 들지 않을까 싶었는데, 재식은 맨손으로 측정에 나섰다.

협회 관계자들은 의외라 생각해 깜짝 놀랐지만, 이어진 장면에 경악하고 말았다.

쾅! 쾅! 쾅!

세 개의 표적이 재식을 향해 빠르게 날아들었지만, 재식은 미리 허공에 띄워 놓은 다크 애로우를 날려 아주 손쉽게 물체를 파괴했다.

초근접 딜러가 측정에서 원거리 공격해 표적을 떨어뜨리는 건 눈이 휘둥그래질 정도로 놀라운 일이었다.

그것만으로도 놀랄 만한 일인데, 이를 지켜보던 사람들은 재식이 사용한 공격 기술이 뭔지 알 수가 없었다.

그뿐만 아니라, 그가 사용하는 능력이 뭔지 아는 이가 단한 명도 없었다.

겉으로 보기엔 검고 길쭉한 막대로 보이는 것이 허공에 나타나더니 표적이 날아오자마자 에 정확하게 날아가 꽂혔다.

날아들던 타깃이 파괴되는 모습에서 구경하던 이들은 그 알 수 없는 검은 막대가 굉장한 파괴력을 가지고 있다는 것을 알 수 있었다.

그 말인 즉, 재식이 마음만 먹으면 주 무기인 카타르 외에도 다수의 적을 상대할 원거리 공격 능력을 가지고 있다는 뜻이었다.

아니, 더욱 놀라운 것은 자세히 알 수는 없지만 검은 빛을 띠는 어떤 속성을 깨달았고, 그것을 아주 세밀하게 사용할 수 있다는 점이었다.

각성 헌터도 일정 기간 동안 훈련받지 않으면 자신이 가진 속성을 제대로 다루지 못하는 경우가 허다했다.

가끔씩 각성 헌터가 자만심에 물들어 훈련도 마치지 않은 상태로 몬스터 레이드에 참여했다가 주변에 피해를 주는 사고가 벌어지는 걸 보면 잘 알 수 있었다.

그런데 재식은 자신의 능력을 각성한 지 얼마 되지 않았음에도 그것을 완벽하게 컨트롤하고 있었다.

단순히 움직이는 수준이 아니라, 다수의 막대로 분리하는 세밀함까지 보였으니 놀라지 않을 수가 없었다.

'도대체 언제 연습해서 저 정도의 숙련도를 쌓은 거지? 아니…….'

최수현은 재식의 측정을 지켜보며 뭔가 이상한 위화감이 느껴졌다.

분명 며칠 전까지만 해도 재식은 흔히 볼 수 있는 중급 헌터였다.

불법이긴 하지만 몬스터의 유전자를 시술받았으니 다른 일반적인 시술 헌터와 다를 것이란 추측은 해봤다.

하지만 이렇게까지 다를 것이라고는 미처 생각지 못했다.

'내가 뭔가 놓치고 있는 게 있는 건 아닐까?'

최수연은 자신이 놓친 게 무엇인지 고민해 봤다.

방금 전에도 그렇지만, 재식과 대화를 나누면서 어떤 부조화나 자신을 속이려는 의도는 전혀 느낄 수 없었다.

그런데 지금은 재식이 정말로 진실만 말한 건지 의심이 들었다.

이는 지금 보는 능력이 그녀의 상식선을 넘어 도저히 이해할 수 없는 범위를 넘어섰기 때문이다.

그리고 그건 그녀의 옆에 서서 재식을 지켜보던 백민수 역시 마찬가지였다.

재식의 능력은 두말할 필요도 없이 너무 좋았다.

만약 그가 원래 가진 육체 능력으로 6등급 헌터의 경지에 올랐다면 의심이 덜할 텐데, 지금은 속성 능력을 보여주는데다 너무 능숙하다 보니 의심이 더욱 짙어졌다.

하지만 이러한 사실을 알지 못하는 재식은 이왕 사람들에게 자신의 능력을 보여주는 기회에 나중에 성신 길드에서 알더라도 이전처럼 자신을 압박하지 못하게 할 요량으로 최선을 다했다.

쾅! 쾅! 쾅! 쾅!

네 번의 폭발음이 연달아 이어졌다.

재식은 힘든 내색 하나 없이 측정을 계속했다.

'확실히 타깃을 맞추는 것은 애로우 계열의 마법이 좋네.'

차콥의 기억에 의하면 애로우 계열의 마법은 클래스가 낮고 파괴력도 다른 공격 마법에 비해 약하지만, 타깃 추적 공식이 적용돼 있기에 마법을 시전할 때 정확하게 타깃을 인식하면 빗나갈 염려를 할 필요가 없었다.

유일한 단점이라면 마법을 시전하기 위해 사용한 마력에 비해 위력이 조금 떨어진다는 점이다.

하지만 애로우 계열 마법의 효율이 무척이나 뛰어나다는 것은 말할 필요도 없었다.

'다크 애로우만으로 사람들에게 확실한 인식을 심어줄 수는 없는데, 어떤 마법이 제일 화려할까.'

재식은 다크 애로우 마법만 보여주고 측정을 끝낼 계획은 아니었다.

이번 6등급 라이선스 갱신 측정은 능력을 보이는 것에서 끝내는 게 아니라, 혹시 모를 성신 길드의 위협과 자신을 노리는 다른 존재들에 대한 견제의 의미가 담겨 있었다.

그러니 좀 더 강력한 마법을 이용해 경각심을 심어줄 생각이었다.

그때, 마침 좋은 기회가 찾아왔다.

전후좌우 사방에서 여섯 개의 표적이 재식을 향해 빠르게 날아왔다.

이에 재식은 유일하게 알고 있는 4클래스 흑마법인 번 플레어를 시전했다.

두 단어 다 '불타오르다' 라는 뜻을 가진 만큼 재식을 중심으로 활활 타오르는 불꽃이 높이 치솟으며 원형으로 퍼져나갔다.

이 마법은 적절히 사용하면 공격으로 사용할 수 있고, 방어 마법으로 활용할 수도 있었다.

그도 그럴 것이, 마법이 시전되면 시전자를 중심으로 5미터 반경을 불태울 수 있기 때문이었다.

쾅!

화르륵!

커다란 폭발음과 함께 검붉은 불꽃이 사방 5미터 반경을 불태웠다.

이에 협회 본부 건물이 살짝 흔들렸고, 건물에선 때 아닌 지진 경보와 화재 경보가 요란하게 울려 댔다.

"아!"

재식의 측정을 지켜보던 사람들은 방금 전 재식이 시전한 마법의 위력에 깜짝 놀라고 말았다.

그들은 재식이 마법을 사용했다는 사실이 알지 못하니 억측을 쏟아냈다.

"다중 각성 능력자다!"

"아니야, 그냥 능력의 활용 능력이 뛰어날 뿐이야."

복도 여기저기서 사람들의 외침이 터져 나왔다.

처음의 검은 막대와 이번의 불꽃은 분명 다른 것이었다.

그렇기에 일견 다중 각성 능력자처럼 보이는 건 사실이었다.

"새로운 스페셜 헌터의 등장이다!"

스페셜 헌터, 그들은 사람들의 각별한 관심의 대상이었다.

그 존재가 인류를 위해 몬스터를 사냥하는 헌터이든, 아니면 범죄를 저지르는 빌런이든 상관없이 스페셜 등급의 능력자는 관심을 받을 수밖에 없었다.

그만큼 그들의 능력이 특별하기 때문이었다.

특히 협회 관계자들은 그 특별함에 대해 누구보다 잘 알고 있었다.

요즘 성신 길드의 길드장 백강현이 최초의 8등급 몬스터로 짐작되는 일본의 야마타노 오로치를 레이드하는 데 성공하며 엄청난 화제를 일으켰지만, 그들은 그다지 놀랍지 않다는 듯 태연한 태도를 보여줬다.

그도 그럴 것이, 헌터 협회 본부에는 백강현 이상의 괴물이 존재하기 때문이었다.

외부에는 잘 알려지지 않았지만, 협회의 거물은 백강현 이전에 8등급 몬스터를 단독으로 레이드한 전적이 있었다.

심지어 백강현은 자신의 주 서포터 팀인 저스티스와 함께 레이드에 임했고, 길드의 서포트 조직까지 동원해 야마타노 오로치 레이드에 성공한 반면 그는 그저 혼자서 레이드에 성공했다.

물론, 무리한 솔로 헌팅으로 인한 부상에 쉬고 있지만, 8등급 몬스터의 위험을 알아차리고 다른 헌터들을 안전하게 철수시키기 위해 고군분투하다 다친 것일 뿐이었다.

그의 헌신 덕분에 협회의 다른 헌터는 별다른 부상을 입지 않고 온전한 몸으로 한국으로 돌아올 수 있었다.

이러한 사실이 알려졌다면 아마 협회에 대한 세간의 평가는 달라졌을 것이다.

하지만 협회는 이 사실을 철저히 비밀로 묶어두고 있었다.

어찌 됐든 정부 소속의 국민 안전을 위해 존재하는 조직인데, 정치적 논리에 의해 극비리로 외국에 파견 나간 것이 알려져서 좋을 게 전혀 없기 때문이었다.

요즘 대한민국 최강의 헌터는 성신 길드의 백강현이라는 말이 나오고 있지만, 협회의 고위 간부들은 자신 있게 말할 수 있었다.

그렇지 않다고.

그리고 백강현 또한 자신 위에 더 대단한 헌터들이 있음을 잘 알기에 그러한 소문에 아무 반응도 보이지 않고, 조용히 길드를 성장시키는 것에 집중했다.

한편, 재식이 보인 어마어마한 마법을 바라보며 최수연의 눈은 더 이상 커질 수 없을 정도로 동그래졌다.

측정에서 타깃을 검은 막대로 맞출 때만 해도 약간의 위화감 정도에 불과했지만, 방금 전 상상을 초월할 정도의 위력을 선보인 능력에 할 말을 잃고 말았다.

그것은 말 그대로 상식의 범위를 벗어난 능력이었다.

그리고 현장의 지휘자로서 최수연이 본 재식의 능력은 거의 만능에 가까웠다.

웬만한 몬스터는 혼자서 다 잡을 수 있는 능력은 물론, 근거리며 원거리며 가리지 않고 몬스터를 공격할 수 있기 때문이었다.

예전에 재식에게 혼자 사냥을 다닌다고 들었을 때, 최수연은 그런 행동은 매우 위험하다며 막았다.

그런데 자신의 능력을 선보이는 재식에게 그런 걱정을 필요 없는 일이라는 걸 깨달았다.

[아주 좋습니다. 이제 내려오면 됩니다.]

재식의 측정을 진행하던 연구원도 더 이상 재식의 능력을 확인할 필요성을 느끼지 못하는지 테스트를 중단했다.

덜컹.

측정실의 문이 열리고 재식이 그곳을 나서자 사람들의 시선은 모두 재식의 등을 따라다녔다.

측정을 기다리던 다른 헌터들마저도 재식이 자리로 돌아오는 것을 말없이 조용히 지켜볼 뿐이다.

재식이 테스트를 진행하기 전에는 어떻게 하면 조금이라도 더 나은 평가를 받을 수 있을 것인지 말을 주고받던 것과는 대조적이었다.

*　　*　　*

6등급 헌터 라이선스 갱신 측정 중에 스페셜 등급의 헌터가 등장했다는 소식은 순식간에 협회 내부에 퍼졌다.

스페셜 등급이 라이선스 측정 중에 나타난 건 이번이 처음이라 소문이 전달되는 속도는 어마어마했다.

스페셜 등급이 세간에 알려지는 경우는 보통 각성할 때

처음부터 두 가지 이상의 속성을 다루거나, 긴박한 목숨의 위기처럼 어떤 계기를 통해 각성하는 게 일반적이었다.

그런데 이번에 등장한 스페셜 헌터는 사전에 알려진 정보가 많지 않은 사람이었다.

거기에 더욱 놀라운 사실은 얼마 전 고블린 던전에서 고블린에게 붙잡혔다가 협회의 직속 특수부대인 팀 유니콘의 제5전대에 의해 구해진 헌터란 점이었다.

그 당시 헌터의 등급은 겨우 5등급이었다.

이전에 알려진 정보로는 도저히 6등급 라이선스를 취득할 수 없을 정도로 너무나 허접했다.

하지만 실제로 협회에서 측정받은 결과, 6등급 헌터에 걸맞은 마력을 품고 있는 것이 확인이 되었다고 하니 이를 믿지 않을 수도 없었다.

그 소식을 함께 접한 사람들은 의문을 품을 수밖에 없었고, 소문이 사실인지 아닌지 궁금해하다 보니 재식의 소식은 더욱 빠르게 퍼져 나갈 수밖에 없었다.

그 때문에 협회의 직원들과 소식을 접한 헌터들은 소문을 믿어야 할지 거짓이라 해야 할지 설왕설래할 뿐이었다.

*　　　*　　　*

"이야기 들으셨습니까?"

협회 본부 내의 어느 방 안에서 서른 후반쯤으로 보이는 장년의 사내가 반백의 머리를 가진 중년 사내를 보며 물었다.

그러자 중년인은 짧게 대답했다.

"무엇을?"

"오늘 6등급 라이선스 취득을 위한 측정이 진행된 건 아실 겁니다."

"음."

사내의 언급에 중년인은 대답 대신 작게 신음을 흘렸다.

그도 알고는 있지만, 솔직히 헌터들의 등급 측정이 불필요하다 생각하기 때문에 불편함을 드러낸 것이었다.

헌터야 어느 등급에 속하든 자신의 목숨을 걸고 몬스터와 싸운다.

그건 이제 막 헌터가 된 사람이든, 헌터로서 이름을 널리 알린 이든 다르지 않았다.

그런데 굳이 헌터 등급제를 시행해 라이선스를 발급한다는 것이 중년인은 마음에 들지 않았다.

물론, 협회에서 이 라이선스 등급제를 시행하면서 불합리함만 있는 것은 아니었다.

등급제 시행 후 헌터들의 사망률이 크게 줄어들었기 때문이다.

이전에는 그냥 몬스터를 사냥하기 위해서 마구잡이로 헌터들이 한데 뒤섞여 레이드를 진행했다.

그러다 보니 몬스터 레이드 도중 사망자가 참으로 많이 발생했다.

그런데 등급제에 따라 실력을 측정할 수 있게 되자, 헌터들은 자신의 수준에 맞춰 레이드에 참가했다.

덕분에 대한민국 헌터들의 사망률은 꾸준히 감소하고 있었다.

물론, 긍적적인 면이 있다고 부정적인 면을 무시할 수 있는 건 아니었다.

국가적인 전력의 손실이 줄어든 만큼, 협회의 시스템에 묶였다 생각하는 헌터들의 불만은 시간이 지날수록 차곡차곡 쌓일 터였다.

"전단장님, 그 문제는 다시 거론하지 않기로 저랑 약속하셨습니다. 솔직히 제대로 된 헌터 한 명이 나오기까지 많은 시간과 자원이 소모됩니다. 그런데 과거엔 일처리가 어땠습니까? 그저 사명감이나 애국심이란 명분으로 능력이 부족한 헌터들까지 마구잡이로 몬스터와의 전쟁에 투입해 수많은 사상자가 발생하고 말았습니다."

장년의 사내는 협회가 등급제를 시행하면서 도드라진 긍정적인 면을 강조했다.

물론, 앞에 앉아 있는 전설적인 헌터, 김현성이 무슨 말을 꺼내고 싶은지 모르는 바는 아니었다.

그럼에도 장년인은 쓴소리를 꺼낼 수밖에 없었다.

지금이야 등급제와 각종 제도로 헌터들을 관리하고 있지만, 이대로 가면 협회는 대기업과 손을 잡은 길드에 밀려 도태되고 말 것이다.

"이런 제도라도 있으니 길드나 기업에서 저희의 통제에 따르는 겁니다. 등급제를 폐지하면 그들은 자신들의 이익을 우선시해 또다시 헌터들을 희생기킬 게 빤합니다."

김현성을 몰아붙이는 이는 바로 현 대한민국 헌터 협회장인 김중배였다.

직급으로는 장관급 지위인 그는 나이에 비해서 젊어 보였는데, 그건 그 역시 한때는 헌터였기 때문이다.

신체에 마력을 품는 헌터는 일반인보다 많은 에너지를 가지고 있기 때문에 나이에 비해 훨씬 젊어 보이는 게 당연했다.

"음!"

김현성은 협회장의 말을 듣고 신음성을 흘렸다.

그러더니 머리가 아픈 모양인지 왼손으로 이마를 짚으며 인상을 찌푸렸다.

"알겠으니, 조금 전에 하려다 만 이야기나 계속하지."

더 이상 그와 말다툼하기 싫은 김현성이 협회장에게 제안을 건넸다.

"네. 그러죠."

협회장은 잔소리를 멈추고 자신이 전하려던 이야기를 이어 나갔다.

"그를 협회 소속으로 데려오고 싶습니다."

"그런 생각은 일찌감치 접는 게 좋을 거야."

"그게 무슨 소리입니까? 알아보니 현재 소속도 없다고 하던데. 무려 6등급입니다, 6등급. 그것도 스페셜이고요!"

김중배는 자신의 제안을 단칼에 잘라버린 김현성의 태도에 기가 찰 따름이었다.

"그놈 데려올 생각하지 마. 성신이 찍힌 놈이야."

"네? 그게 무슨 소립니까? 성신에서 찍다니… 설마 백강현이 그를 자신의 길드로 영입하겠다고 공언이라도 했다는 말씀입니까?"

"아니, 그 반대야."

"반대요?"

"그래. 그놈 원래 소속이 성신이었는데, 무슨 이유인지 3개월 만에 나왔다더군."

"그건 말이 되지 않습니다. 성신에서 버린 헌터가 불과 몇 개월 만에 6등급 헌터가 됐다는 뜻인데, 그게 가능한 겁니까?"

김중배의 질문에 김현성은 가볍게 어깨를 으쓱해 보였다.

"자세한 사정은 알 수 없지만, 아무튼 뭔가 이유가 있겠지."

"이유라… 설마!"

"자네의 생각이 맞을 거야. 아무리 비밀 서약을 했다지만, 그 시기에 성신 제약의 수석 연구원이던 박사가 사고를 친 뒤에 중국으로 도망쳤다고 했지."

"예. 김태원이라고 그쪽 분야에선 알아주는 인재라고 하더군요."

"맞아. 그런 이름이었지. 그런데 그 친구가 욕심이 좀 많다고 하더군. 돈이든 명예든 말이야."

"음… 그렇다면 더욱 저희가 그를 영입하는 데 문제될 것이 없지 않습니까?"

"예전이라면 그럴 수 있겠지만, 요즘 성신이 예전의 성신이 아니잖아. 백강현을 포함해서 말이야."

"백강현… 정말 그가 문제네요."

김중배는 아쉽다는 듯 입맛을 다셨다.

"하하하, 해결할 수 없는 문제라서 더 문제지."

"백강현……."

김중배는 어두워진 창밖으로 시선을 옮기며 백강현의 이름을 되뇌었다.

한때, 김중배는 백강현과 뜻이 잘 맞는 친구였다.

김중배는 그와 평생을 함께할 수 있을 것이라 여겼다.

하지만 어느 순간, 김중배와 백강현은 다른 노선을 타게 됐다.

김중배는 헌터 역시 대한민국 국민의 한 사람으로서 일반 국민들과 동등한 입장이라 생각했다.

그래서 어떻게 하면 헌터와 일반인이 평등하게 권리를 행사할 수 있을까 고민하며 정책을 마련했다.

김중배가 처음 백강현을 만났을 당시엔 그도 자신과 비슷한 생각을 바탕에 두고 길드를 운영했다.

그런데 세월이 흐르면서 백강현은 헌터와 일반인이 평등하다는 생각을 접고야 말았다.

그는 일반인보다 뛰어난 능력을 가진 헌터가 국가를 운영하는 데 우선시돼야 한다고 태도를 바꾸며 김중배와 정반대의 입장을 가지게 됐다.

다만, 백강현이 이끄는 성신 길드가 성신 제약의 지원을 받으며 급격히 팽창하는 것에 위기를 감지한 다른 상위 길드들이 손을 쓰면서 그의 의견은 널리 퍼지지 못했다.

백강현은 그때 상위 랭킹 길드들이 성신 길드의 팽창에 제동을 건 것을 당연한 일이라 생각한 모양이지만, 김중배의 암중 활약 때문에 벌어진 일이었다.

당시의 김중배는 헌터 협회의 간부로서 직접적으로 헌터 길드를 제재할 수는 없지만, 암중에서 길드에 사주할 수 있을 정도의 충분한 영향력을 가지고 있었다.

나중에서야 성신 길드가 김중배의 수작으로 압박을 받았다는 사실을 알아차린 백강현은 크게 분노했지만, 이제 와서 어떻게 손쓸 방도가 없었다.

게다가 야망이 큰 백강현은 다른 거대 길드들의 압박을 받는 상황에서 협회 간부인 김중배와 트러블을 일으켜봐야 성신 길드에 좋을 것이 없다는 판단을 내렸고, 더 이상 문제를 키우지 않았다.

하지만 그건 폭풍 전의 고요함일 뿐이었다.

헌터 협회는 10년 전, 큰 실책을 저지르고 말았다.

그것은 바로 협회의 가장 큰 전력인 뇌신 김현성을 해외에 파견 보낸 것이었다.

물론, 외교적 압박으로 어쩔 도리가 없어서 최악의 선택을 내릴 수밖에 없었다.

그런데 하필이면 김현성이 자리를 비웠을 대, 서울에 위험 분류 7등급인 몬스터가 나타나고 말았다.

지금이야 7등급 몬스터라 한들 다소의 희생은 따르겠지만, 큰 피해 없이 충분히 잡아낼 수 있는 전력을 보유한 상황이었다.

그러나 당시만 해도 위험 분류 7등급 몬스터는 국가 재난급의 재해나 마찬가지였다.

아직 7등급 헌터도 몇 명 없을 때고, 헌터들의 평균이 4등급 정도일 때이다 보니 위험 분류 7등급의 몬스터는 웬만한 국가라면 전력을 쏟아야 할 정도로 대단한 존재였다.

지금도 마찬가지지만, 당시에도 7등급 몬스터를 퇴치한 국가는 거의 없었다.

당시 7등급인 S급 헌터는 협회 소속의 뇌신 김현성과 화랑 길드의 무신 이용진, 두 사람뿐이었다.

그런데 무신 이용진은 화랑 길드원들과 함께 북쪽에서 내려온 몬스터 웨이브를 막기 위해 파주로 향한 상황이었다.

당시 파주의 상황은 6.25 전쟁 이후 최악의 난장판이 펼쳐지고 있을 때였다.

몬스터와 헌터들이 뒤엉켜 전쟁을 벌였기 때문이다.

그 전투로 인해 수천 명의 헌터가 목숨을 잃거나 불구가 되고 말았다.

한 손이 아쉬운 그런 상황에서 협회는 최강의 전력인 뇌신 김현성을 해외에 파견 보낸 것이었다.

그것만으로도 협회가 욕을 먹을 상황인데, 설상가상으로 서울에 재앙급 몬스터가 나타났으니 어떤 욕을 먹더라도 할 말이 없었다.

물론, 협회보다는 명령을 내린 정부에서 책임져야 할 상황이지만, 정부는 얼른 발을 빼고 협회를 희생양으로 전면에 내세웠다.

그 사건으로 당시 헌터 협회장이던 이규화가 물러나고, 협회 간부 상당수가 보직 해임을 당하거나 3개월 내의 감봉 조치를 받았다.

김중배 역시 징계에서 벗어날 수 없었지만, 당시엔 중간급의 간부에 였기에 1개월 감봉을 받는 정도에서 그쳤다.

그 후로 1개월이 지났을 때, 김중배는 워낙 많은 간부들이 퇴임과 직위 해제로 공석이 많아지자, 빠르게 승진하며 직급이 급상승했다.

김중배가 격변하는 시대의 흐름을 잘 탄 것처럼 백강현도 당시의 일로 큰 이득을 본 사람 중 한 명이었다.

당시 다른 길드의 압박을 받던 성신 길드는 상위 길드들이 대부분 북쪽에서 내려오는 몬스터 웨이브를 막기 위해 서울을 빠져나간 사이, 서울에 출현한 7등급 몬스터 거미 여왕을 상대했다.

성신 길드는 상당한 피해를 입기는 했지만 결국 거미 여왕을 물리쳤고, 그 과정에서 길드장인 백강현이 S급 헌터로 각성했다.

덕분에 아시아에서 단 한 번도 잡지 못한 7등급 몬스터를 잡았다는 업적을 세운 것은 물론이고, 거대 길드들의 압박으로 기세를 펴지 못하던 성신 길드는 단숨에 전 세계에 위명을 떨쳤다.

그 당시 위험 분류 7등급 몬스터 레이드에 성공한 나라는 미국과 영국뿐이라, 전 세계는 동아시아의 작은 나라의 저력에 깜짝 놀랄 수밖에 없었을 것이다.

게다가 미국의 팀 어벤져스와 영국의 로열가드는 S급 헌터를 다수 영입했기에 세계 최강의 헌터 집단으로 알려졌기에 7등급 몬스터를 잡는 것은 당연하게 여겨졌다.

하지만 대한민국의 성신 길드는 그렇지 않았다.

7등급 헌터가 있다지만, 헌터의 등급은 몬스터의 위험 등급과는 다른 개념으로 해당 등급의 몬스터에 유효타를 줄 수 있다는 의미에 불과하고, 일대일로 사냥해 이길 수 있다는 뜻이 아니었다.

그럼에도 불구하고, 스페셜 헌터도 아닌 일반 헌터가 위험 분류 7등급의 몬스터 레이드에 성공했으니 까무러칠 수밖에 없었을 것이다.

그 일로 성장의 발판을 마련한 성신 길드는 거대 길드의 압박에도 착실하게 기세를 올리며 세력을 확장했다.

그렇게 세력을 키운 성신 길드는 거대 기업들의 후원을 받는 헌터 길드를 제치고 길드 랭킹 30위에 자리를 잡았다.

성신 길드도 성신 제약의 후원을 받았지만, 당시의 성신 제약은 대한민국 재계 서열 200위 내에도 이름을 올리지 못하는 제약 회사에 불과했다.

이런 악조건 속에서도 백강현은 성신 길드를 랭킹 30위에 올려놨으니, 대단한 사람임에는 분명했다.

덕분에 성신 제약은 길드의 덕을 보며 덩달아 부상해 이제는 재계 서열 100위권의 제약 회사로 우뚝 섰다.

거기에 그쳤다면 김중배의 시름이 이토록 깊지는 않았으리라.

성신 길드는 작년에 또 한 번 세계에 이름을 떨치며 기세를 한껏 끌어올렸다.

이번에는 7등급으로 알려진 일본의 야마타노 오로치 레이드를 성공한 것이었다.

7등급 몬스터 레이드에 성공하는 사례가 늘어나며 반응이 시들할 만도 한데, 야마타노 오리치의 몸속에서 발견된 마정석은 지금까지 알려진 7등급 몬스터의 마정석보다 훨씬 큰 크기였다.

당연하게도 품고 있는 에너지 또한 몇 배나 많은 마력 덩어리라는 게 뒤늦게 알려졌다.

그러자 세계에서 유일하게 8등급 몬스터를 잡은 것은 아닌가 하는 이야기가 나오는 중이었다.

헌터 협회장인 김중배의 고민이 커질 수밖에 없는 이유였다.

야마타노 오로치 레이드를 성공하기 전까지 김중배는 성신 길드나 백강현이 아무리 기를 써도 협회의 아성을 뛰어넘을 수 없다고 믿었다.

대한민국 내에 존재하는 헌터나 길드라면 협회의 통제를 받아야 하기 때문이었다.

그런데 백강현과 성신 길드가 일본에서 야마타노 오로치를 잡은 뒤로 그런 생각이 뒤집히고 말았다.

이는 일본의 헌터 협회나 일본 정부가 보이는 반응 때문이었다.

대격변 이후 각국 정부는 헌터들의 해외 진출에 대해 철저히 통제를 가했다.

아무리 국제 연합에서 도움을 청하는 국가에 헌터 전력을 파견해줄 것을 권고해도, 어떤 나라도 그것을 적극적으로 따르지 않았다.

그것은 대격변 이전에 세계의 경찰을 자청하던 미국은 물론이고, 미국에 이어 세계 1위의 강대국을 꿈꾸며 자신의 힘을 과시하던 중국도 마찬가지였다.

오히려 두 나라는 국토가 너무도 넓어 자국의 안녕을 책임지는 것도 버겁다며 다른 나라의 헌터에게 많은 연봉을 제시하며 귀화 작업에 몰두했다.

실제로 그런 정책은 상당히 성공적으로 이루어졌으며, 헌터를 빼앗긴 나라들은 국제 연합에 미국과 중국의 행위가 자국의 안녕을 위협하는 행위라며 제재해줄 것을 요청한 끝에야 진정됐다.

만약 그렇지 않았다면 중국과 미국 등 돈이 많은 나라에 헌터 전력을 빼앗긴 수많은 나라가 멸망했을 것이다.

실제로도 몇몇 나라는 제때 헌터 전력을 확보하지 못해 몬스터에 의해 멸망하고 말았는데, 북한이 가장 대표적인 사례 중 하나였다.

그런데 일본 정부와 헌터 협회가 안정된 판을 흔들어 댔다.

일본은 나라의 크기에 비해 헌터 전력이 부족하지는 않았지만, 협회와 정부의 오판으로 야마타노 오로치 퇴치에 엄청난 수의 헌터들을 동원했음에도 레이드에 실패하면서 정책을 바꿀 수밖에 없었다.

폐쇄적인 태도를 버리고 외국의 헌터라도 능력만 되면 자국 내에서 활동해도 상관없다는 정책을 펼치는 중이었다.

일본으로선 계속해서 발생하는 차원 게이트의 관리와 게이트 브레이크를 막기 위해선 일정 이상의 헌터 전력이 필요한데, 야마타노 오로치로 인해 헌터 전력에 공백이 생겼기 때문에 어쩔 수 없는 일이었다.

일본은 당장 한국의 성신 길드에 러브콜을 날려 댔다.

일본이 알아본 결과, 성신 길드는 그다지 애국심이 넘치는 길드가 아니었다.

그리고 어찌 된 일인지 한국 정부나 협회는 성신 길드와 대립하는 모양새였다.

일본 정부의 입장에서는 7등급 몬스터를 잡을 수 있는 길드가 국가 정부와 대립한다는 상황이 절호의 기회처럼 보였기에 반색할 만했다.

대한민국 헌터 협회의 회장으로서 김중배는 이러한 일본 정부와 성신 길드의 행보에 경각심을 느끼고 미리 대비하지 않을 수가 없었다.

하지만 그가 할 수 있는 일은 날로 커지는 성신 길드의 영향력을 최대한 줄이는 것뿐이었다.

그래서 김중배는 협회의 직원들에게 최대한 많은 헌터들을 협회 소속으로 가입시킬 것을 지시했다.

이런 권유는 주로 중급 헌터에 오르는 이들을 대상으로 집중적으로 행해졌지만, 종종 길드를 탈퇴하거나 프리랜서로 활동하는 헌터들도 포섭 대상이었다.

그런데 이런 미묘한 시기에 6등급 라이선스 취득 측정에서 프리랜서 헌터가 등장했다.

이에 측정이 끝나면 바로 협회 가입을 권유할 계획이었는데, 측정 도중 그 헌터가 다중 속성을 각성한 S급 헌터로 밝혀졌다.

김중배는 당장 욕심이 생겼고, 협회 소속이 되지 않겠냐고 조용히 권유하려던 것을 적극적으로 협회에 끌어들겠다는 쪽으로 방침을 바꿨다.

그래서 협회 최고 권위자인 뇌신 김현성에게 자문을 구하러 방문한 참이었다.

다중 속성 각성자이기에 협회 소속이 된다면 팀 유니콘에 합류할 것이고, 당연히 유니콘의 전단장인 김현성의 지휘를 받을 것이기에 그의 의견을 물은 것인데 뇌신은 반대 의견을 내놨다.

그라면 자신의 생각을 지지해줄 것이라 믿었는데, 예상과는 다른 반응이 나오자 김중배는 크게 혼란스러워졌다.

아직 레벨은 낮지만, S급 헌터는 같은 등급의 헌터와는 비교할 수 없는 막강한 능력을 가졌다.

그들은 레벨 이상의 능력이 있으니, 협회의 권력을 강화하려는 김중배의 입장에선 아주 엄청난 카드를 보유할 수 있는 좋은 기회였다.

하지만 전단장인 김현성이 반대한다면 독단적으로 밀어붙이는 건 어려워졌다.

자세한 내막은 모르지만, 성신 길드와 프리랜서 헌터의 관계는 좋지 못한 것으로 알고 있는데, 김현성이 성신 길드를 들먹이며 반대하는 이유를 납득할 수 없었다.

생각하면 생각할수록 가슴이 답답해진 김중배는 속으로 한숨을 푹 내쉬었다.

'하, 꼬이네.'

김중배는 헌터 협회의 전력이 오르면 길드에 대한 통제력도 올라갈 것이라 내심 기대했다.

실망감에 허탈함까지 찾아오자 김중배는 급기야 그동안 자신이 펼친 정책들이 전부 잘못된 것은 아닌지 돌아보게 됐다.

하지만 아무리 생각해 봐도 자신이 잘못된 길을 걷고 있다고는 생각되지 않았다.

8. 재식을 둘러싼 길드들의 전쟁

대한민국 헌터 길드 랭킹 2위의 신성은 이름에서도 알 수 있듯 대한민국 재계 서열 1위에 빛나는 신성 그룹의 산하 길드다.

한때는 대한민국이 아닌 신성 공화국이란 말이 있을 정도로 신성 그룹은 대한민국에서 엄청난 영향력을 가진 대표 재벌이었다.

하지만 대격변 이후, 사회가 변모하면서 신성의 이름은 크게 흔들렸다.

그도 그럴 것이…….

대격변으로 차원 게이트가 나타나며 그 안에서 인류 최대의 적인 몬스터가 쏟아지며 돈보다 생존을 우선시하기 시작했기 때문이다.

아무리 돈이 많아도 몬스터의 위협 앞에선 모두가 공평했다.

물론, 돈으로 자신의 안녕을 위해 경호원을 데리고 다닐 수 있기 때문에 조금 더 안전할 수 있지만, 몬스터는 평범한 경호원으로는 막을 수 없는 존재였다.

그러다 보니 대격변 초기에 몬스터에 의해 사망한 수많은 희생자 중에는 이름이 알려진 부호들도 많았다.

그러자 부자들은 몬스터를 상대할 수 있는 경호원의 필요성에 대해 누구보다 심각하게 체감했다.

자신의 생명과 재산을 책임져 줄 경호원으로 몬스터 헌터가 대두되기 시작한 건 그때부터였다.

이는 전 세계 어떤 나라도 다르지 않았고, 신성 그룹의 유권휘 회장도 마찬가지였다.

더욱이 사업 통찰력이 좋은 유권휘 회장은 몬스터의 부산물이 돈이 된다는 것을 알고는 새 시대의 새로운 사업 동력이라 판단해 대한민국에서 가장 먼저 민간 길드를 창설했다.

이전에는 군에서 모든 헌터를 통제했지만, 언제까지 군에서 헌터들을 통제할 수는 없을 것이란 생각에 은밀하게 헌터들과 접촉해 계약을 맺었다.

그러면서 한편으로는 국회의원들을 만나 민간인이라 할 수 있는 헌터들을 군에서 통제하는 것은 부당하다며, 이는 헌법에도 위배되는 행위라며 로비를 펼쳤다.

그것만으로도 부족했는지 그는 재계에도 은밀하게 몬스터 부산물을 이용한 산업이 돈이 된다는 말을 흘리고 다녔다.

그런 물밑 작업이 어느 정도 진행됐을 때, 유건휘 회장은 정부에서 몬스터 부산물 때문에 정부에 휘둘리지 말고, 자신들이 주도권을 갖을 필요가 있다는 제안을 재계 인사들에게 건넸다.

대한민국을 움직이는 재계 인사들과 정치를 하려면 무엇보다 돈이 필요하다는 것을 너무나 잘 아는 정치인.

두 집단의 이해가 맞아떨어지자 순식간에 법이 개정되고, 군의 통제가 풀린 헌터들은 미리 대기하던 대기업들이 가로채 갔다.

그러면서 수많은 길드들이 경쟁하듯이 우후죽순 설립됐다.

물론, 군에서도 이런 재계의 움직임을 넋 놓고 지켜보기만 한 것은 아니었다.

군인 출신 헌터들을 모아 화랑 길드를 만들어 몬스터에 빼앗긴 국토 수복에 힘을 쏟았다.

그러면서 헌터들에게는 수많은 선택지가 생겼고, 헌터들

마다 각자 몸담을 곳을 찾아나서는 통에 큰 혼란이 일었다.

그 와중에 산하 헌터 길드를 가장 먼저 준비한 신성 그룹은 상당히 우수한 헌터를 많이 확보할 수 있었다.

그럼에도 군에서 조직한 화랑 길드에는 전혀 미치지 못했다.

의외로 많은 헌터들이 화랑 길드를 선택하는 이변이 일어났는데, 그 배경에는 이용진과 김현성이라는 걸출한 인물이 있기에 가능한 일이었다.

두 사람이 군에서 조직하는 화랑 길드에 남자, 그들을 존경하는 수많은 헌터들이 대거 화랑 길드에 합류했기 때문이다.

만약 화랑 길드에 무신 이용진과 후에 뇌신으로 불리는 김현성이 없었다면, 더욱 많은 헌터를 확보한 성신은 대한민국 제일의 헌터 길드가 될 수 있었을 것이다.

하지만 결국, 신성은 2등의 자리에 만족할 수밖에 없었다.

그래도 정부에서 만들었다고 해도 과언이 아닌 화랑 길드를 제외하면, 민간 기업에서 만든 길드 중에서는 가장 높은 순위였다.

하지만 그것도 다 예전의 일이었다.

성신 길드가 야마타노 오로치 퇴치 이후 무섭게 세력을

확장하고, 그것도 모자라 국내 길드들의 압박을 일본에서 해결하면서 길드 랭킹을 치고 올라갔다.

결국, 그동안 화랑에만 선두 자리를 내주던 신성 길드의 아성이 흔들리고 말았다.

헌터 협회가 공식 발표한 랭킹상으로는 아직 신성이 위에 있지만, 일반인들이나 헌터들의 생각엔 성신이 신성을 제쳤다고 여겼다.

그리고 그런 판단의 근거 중 부정할 수 없는 게 바로 성신에는 있고, 신성에는 없는 S급 헌터의 존재였다.

더욱이 성신 길드의 S급 헌터 백강현은 두 번이나 위험 분류 7등급 이상의 몬스터를 레이드한 화려한 전적이 있었다.

그에 반해 신성 길드는 이름값에 걸맞지 않게 아직까지 7등급 몬스터를 레이드하지 못했다.

S급 헌터의 부재가 길드에 미치는 부정적인 영향에 대해 신성 길드도 고민하지 않는 것은 아니었다.

사실 신성 길드의 길드장인 유정권은 오래전부터 S급 헌터 육성에 심혈을 기울이고 있었다.

오래전부터 규모면에서는 어느 길드와 비교해도 뒤처지지 않지만, 절대 강자라 할 수 있는 S급 헌터가 없었기에 랭킹에서 항상 화랑 길드에 뒤질 수밖에 없었다.

하지만 오랫동안 신성 길드의 길드원 중 S급 헌터가 등장하는 일은 없었고, 불가능한 일에 목을 멘다 판단한 유정권은 길드 운영에 힘을 쏟았다.

강력한 헌터가 없더라도 더 많은 실적을 쌓아 화랑 길드를 꺾으면 그만이라고 생각했기 때문이다.

덕분에 신성 길드는 다른 어떤 대기업이 후원하는 헌터 길드보다 압도적인 수익을 창출할 수 있었다.

레이드 실적은 조금 뒤처지더라도 더 많은 몬스터 헌팅과 모회사인 신성 그룹과의 연계로 다양한 상품을 만들어 판매에 집중했기에 가능한 실적이었다.

하지만 그게 다 부질없는 일이 되고 말았다.

자잘한 몬스터 수백 마리를 잡는 것보다 고위험 몬스터 한 마리를 잡는 게 더 이익이라는 것을 성신 길드의 백강현이 보여줬기 때문이다.

지금까지 신성 길드는 언젠가 화랑 길드를 이기겠다는 생각만으로 현재의 랭킹에 안주했다.

그저 자신들의 영향력을 이용해 하위 랭킹의 길드가 더 이상 성장하지 못하게 압박만 하면 된다고 생각한 게 문제였다.

이제는 그럴 수 없다는 걸 유정권도 확실하게 깨달을 수 있었다.

그래서 부랴부랴 실력 있는 헌터를 영입하기 위해 백방으로 노력하고 있지만, 실적은 그리 좋은 편이 아니었다.

그런데 유정권은 급한 연락을 받고 자리를 박차고 일어섰다.

6등급 라이선스 취득 테스트에서 스페셜 급 헌터가 등장했다는 소식이 전해졌기 때문이다.

그것도 단순하게 두 가지 속성 각성자가 아닌, 성신의 백강현처럼 시술 헌터가 속성 능력을 각성한 헌터였다

비록 아직 6등급 헌터지만, 그의 성장 속도는 타의 추종을 불허할 정도라는 설명을 들은 유정권은 마음이 급해졌다.

그는 헌터가 된 지 이제 겨우 2년째인데, 중급 헌터가 되기 위해 유전자 변형 시술을 받은 것이 작년 가을이었다.

무슨 연유인지 자세히 알 수 없지만, 성신 길드에 들어간 지 겨우 3개월 만에 길드를 탈퇴하고 혼자 몬스터 사냥을 다녔다는 점은 더욱 매력적으로 느껴졌다.

그러다가 미발견 게이트를 신고해서 마련한 목돈으로 부모님을 위해 집을 마련했다고 하니, 인성도 여느 헌터보다 좋으면 좋았지 나쁘진 않을 터였다.

처음엔 어땠을지 몰라도 헌터란 족속들은 시간이 지날수록 자기중심적으로 변하기 일쑤였다.

몬스터라곤 해도 생명체를 죽이면서 뭔가를 죽이는 것에 무감각해지다 보면 인간성도 변하는 것이리라.

물론, 헌터라고 모두가 다 그런 것은 아니고, 적절하게 정신 케어를 받으면 본연의 인성을 유지하는 데 큰 도움이 되었다.

그러나 협회나 신성처럼 소속 헌터들에 대한 케어가 좋은 일부 사례를 제외하면, 인성에 대해 중요하게 생각하지 않는 길드나 클랜이 대부분이었다.

그렇게 케어를 받지 못하는 헌터가 훨씬 많다 보니, 협회에선 헌터가 빌런으로 돌아서는 계기 중 하나를 길드의 허술한 관리로 꼽았다.

그래서 각 길드나 클랜에 수시로 공문을 보내 소속 헌터에 대한 정신적 케어를 실시하도록 권고하지만, 협회의 공문을 받은 길드나 클랜이 협회의 뜻에 따르는 비율은 아주 저조했다.

안타깝지만 어디까지나 권고에 그칠 뿐, 강제할 수 있는 법이 있는 게 아니기 때문이었다.

그도 그럴 것이, 정신적인 케어라는 게 그냥 한 번에 뚝딱 끝나는 게 아니라, 헌터가 몬스터 헌팅을 그만둘 때까지 장기적인 관점에서 수시로 이루어져야 하는 것이다 보니 대다수의 길드나 클랜은 엄두를 내지 못했다.

단체를 운영하는 입장에서는 분명 쉽게 결정할 수 있는 사안이 아니었다.

게다가 정신적인 부분은 헌터 개개인이 알아서 해야 할

부분이라고 생각하는 이들이 대다수였다.

그러다 보니 몇몇 상위 길드 외에는 정신 케어를 시행하지 않았다.

그런데 재식은 그런 관리를 받은 것도 아닌데, 인성을 잃지 않고 곧았다.

유정권은 그게 가장 마음에 들었다.

물론, 자신 정도의 위치에 있는 사람이라면 재식과 같은 성격이 마이너스가 될 수도 있지만, 자신의 밑에 둘 사람이 그런 성품을 가지고 있다면 마다할 이유가 전혀 없었다.

"무슨 수를 써서라도 이 헌터는 우리 쪽으로 데려오세요."

유정권은 길드의 인사 담당자를 불러 재식을 신성 길드로 데려올 것을 지시했다.

하지만 재식을 노리는 건 신성의 유정권뿐만 아니라, 다른 길드의 수장들도 마찬가지였다.

길드 랭킹 30위던 성신에게 순위를 빼앗긴 길드 전부가 이번 6등급 라이선스 취득 테스트에서 튀어나온 S급 헌터를 영입하기 위해 나섰다.

* * *

다른 헌터 길드들이 이번에 등장한 S급 헌터가 아직 소속된 곳이 없다는 사실에 흥분하며 자신의 길드로 영입하기 위한 전쟁에 나서자, 성신 길드 역시 느닷없이 나타난 S급 헌터로 인해 한바탕 난리가 났다.

더욱이 그 뉴 페이스가 작년에 자신들이 버린 헌터란 사실에 표정들이 사뭇 심각해졌다.

그냥 6등급 헌터가 소속이 없다고 해도 길드들이 서로 영입하기 위해 각축을 벌였을 텐데, 재식은 무려 S급 헌터였다.

난리도 그냥 난리가 아니라 엄청난 태풍이 몰아치는 것이나 마찬가지였다.

그런데 정작 자신들은 이도 저도 못하고 가만히 지켜봐야만 하는 처지다 보니, 성신 길드의 간부들은 조심스럽게 길드장인 백강현의 눈치만 볼 수밖에 없었다.

괜히 나섰다가 불똥이라도 튀면 자신만 손해기 때문이었다.

'그런데 어떻게 부작용을 극복한 거지?'

회의실에 모인 성신 길드의 간부들은 하나같이 머릿속에 같은 의문을 떠올리고 있었다.

엄청난 예산을 투입하고, 최첨단 연구 시설과 연구원을 동원하고도 몬스터 유전자를 이용한 시술은 각종 부작용을 낳으며 실패하고 말았다.

재식 또한 심각하다고 할 수는 없지만, 헌터로서의 자질과 가능성을 생각하면 안타까운 부작용이 나타났다.

급격하게 소모되는 체력 때문에 시술받은 유전자의 힘을 끌어다 쓸 수 없다는 점은 중급 헌터에게 치명적인 약점이었다.

아예 못 쓰는 정도는 아니고 짧게 잠깐씩은 끌어다 쓸 수야 있겠지만, 그 정도의 미세한 컨트롤이 가능하다 해도 채 한 시간을 유지하지 못했다.

그런데 헌터들의 사냥은 결코 한두 시간 만에 끝나지 않았다.

소규모 파티든, 대규모 공대의 레이드든 몬스터 헌팅은 최소 대여섯 시간 이상은 기본적으로 소요된다.

만약 고위험 분류, 즉 6등급 이상의 몬스터 레이드라면 가뿐히 하루 이상이 걸릴 수도 있었다.

그렇기에 전력을 다할 수 있는 전투 시간이 한 시간도 안 된다는 건 사실상 전력 외라는 뜻이었다.

성신 길드의 간부들도 재식의 사건에 대해 안타깝다고 생각했다.

재식은 교육이 진행되면서 탁월한 재능을 여지없이 드러냈기 때문이다.

심각한 부작용에도 굴하지 않고 탁월한 전투 센스와 명확한 판단력으로 단점을 만회했다.

만약 재식에게 몬스터 유전자 시술로 생긴 부작용만 없었다면, 현재 차세대 간판으로 밀고 있는 팀 비스트의 리더인 최충식 이상의 헌터로 성장했을 터였다.

하지만 그러한 추측은 아무 의미도 없었다.

부작용을 해결할 수 없는 상태에서 재식은 그저 공수표일 뿐이기에 간부들은 만장일치로 그를 길드에서 퇴출하는 것으로 결정했다.

그런데 불과 1년도 되지 않은 기간에 무슨 일이 벌어진 것인지 모르지만, 혼자서 부작용을 극복해 정상으로 돌아온 것은 물론이고, 각성을 통해 S급 헌터가 되어 나타났다.

더욱 혼란스러운 점은 재식이 6등급에 올랐다는 점이다.

겨우 4등급에 턱걸이하던 헌터가 불과 7개월 만에 심각한 부작용을 극복하고 고위 헌터로 분류되는 6등급 헌터가 되었다.

그 말인 즉, 작년 재식에 대한 평가를 내린 모든 간부가 그의 자질을 제대로 보지 못하고 실수를 저질렀다는 소리가 된다.

즉, 불합격 판정을 받은 재식이 문제가 아니라, 불합격 판정을 내린 이들의 눈이 문제란 소리였다.

그러다 보니 괜히 먼저 말을 꺼냈다가는 모든 덤터기를

혼자 덮어쓰고 퇴출될지도 모를 일이었다.

특히나 교육부장인 문세윤이나 이하 훈련 교관들의 표정은 창백했다.

"허, 이게 사실이란 말인가?"

백강현은 조금 전 협회에서 들어온 정보를 받아보더니 심각한 표정으로 혼잣말을 중얼거렸다.

그는 요즘 늘어나는 일본 쪽 업무 때문에 한국에는 신경쓰지 못하고 있었다.

그런데 생각지도 못한, 아니, 불쾌한 오점이나 마찬가지라 의식적으로 잊고 있던 재식이 화제로 떠올랐다.

백강현은 기분이 묘했다.

그의 성향상 길드에 해가 되는 것이라면 깨끗하게 처리하는 게 보통인데, 그땐 무슨 바람이 불었는지 작은 협박으로 비밀을 지킬 것을 약속받는 선에서 슬그머니 사건을 덮었다.

마지막 양심 때문인지 그렇게 재식을 퇴출시켰으면서도 백강현은 못내 마음이 전과 같지 않았다.

그래서 일본에서 위험 분류 7등급으로 불리는 야마타노오로치 레이드에 모든 정신을 쏟으며 재식에 대한 일을 잊었다.

이는 평소라면 절대 불가능한 선택을 내린 자신에 대한 실망과 혼란스러움을 잊기 위해서였다.

차라리 재식을 퇴출시키는 것이 아니라, 아무도 모르게 처리했다면 이런 혼란은 겪지 않았으리라.

하지만 당시 상황상 재식을 함부로 처리하기엔 보는 눈이 너무 많았기에 적당한 선에서 일을 마무리 지을 수밖에 없었다.

다행히 야마타노 오로치 레이드에 성공하면서 업무가 바빠지자 백강현의 뇌리에서 재식에 대한 생각은 깔끔히 날아갔다.

그도 그럴 것이, 그동안 길드의 성장을 방해하던 상위 길드의 압박을 벗어날 좋은 기회를 잡았기 때문이다.

길드가 성장하기 위해선 무엇보다 좋은 사냥터가 필요했다.

길드 소속 헌터들이 능력을 펼칠 무대, 새롭게 영입된 헌터가 성장할 터전이 필요한 상황에서 거대 길드들의 압박으로 새로운 사냥터를 협회로부터 배분받지 못했다.

길드를 키우고 싶어도 영입한 헌터를 키울 사냥터가 부족한 상황에 처하고 만 것이었다.

이 모든 것이 거대 길드와 자신을 견제하려는 협회 때문이라는 건 진즉 눈치챈 상태였다.

그런데 이런 상황을 예측이라도 했다는 듯 뜻하지 않게 일본 측에서 사냥터를 제공하겠다고 제안해 왔다.

일본은 야마타노 오로치를 제거하며 당장 급한 불은 껐지만, 헌터의 수가 부족한 상황이라 수시로 발생하는 차원 게이트를 안정적으로 대처할 수가 없었다.

급하게 전력을 확충하는 게 정석이지만, 성신 길드에게 사냥터를 제공하고 일본 내의 차원 게이트 대처를 맡는 게 더 쉬운 길이었다.

게다가 일본 내에서 성신 길드는 무능한 자국 헌터들을 대신해 위험한 몬스터를 처리해준 영웅이었다.

아마 무리하게 야마타노 오로치를 잡으려다 일본의 헌터들이 막심한 피해를 입지 않았다면, 이렇게까지 적극적으로 성신 길드를 환영하지는 않았을 것이다.

성신 길드로서도 일본의 제안을 거절할 이유가 전혀 없었다.

다른 길드나 협회의 견제로 성장 동력이 막힐 수도 있는 상황이라, 어떻게 해서든 돌파구를 마련해야 하기 때문이었다.

거기서 문세윤 교육부장은 일본에서 활동할 수 있다면, 일본 헌터들을 받아들이는 것도 문제가 없을 것이라며 일본의 실력자들을 데려오자는 묘수를 꺼냈다.

6등급 이상의 일본 헌터들은 대부분 야마타노 오로치에게 죽었지만, 고위 헌터가 될 만한 자질을 가진 이들은 많았다.

그러다 보니 백강현은 한국 내의 일보다는 일본에 더 많은 관심을 쏟을 수밖에 없었다.

그런데 재식이 갑자기 등장하며 신경을 거슬리게 만들었다.

지금까지 대한민국 최강이라 칭송받아 온 무신 이용진이나, 뇌신 김현성도 재식처럼 빠른 성장을 보여주지는 못했다.

물론, 그 당시에는 생존을 위해 밀려드는 몬스터를 막아내는 데 집중하던 때라 조금 상황이 다르긴 하지만, 그걸 감안하더라도 재식이 보여준 성장세는 타의 추종을 불허할 정도였다.

막말로 성신 길드로부터 전폭적인 지원을 받는 팀 비스트조차 리더인 최충식만 겨우 6등급을 목전에 두고 있을 뿐이었다.

즉, 후발 주자인 재식에게 역전당하고 만 것이었다.

백강현이 판단하기에 최충식은 천부적인 자질을 가진 것은 아니지만, 수재 이상은 된다고 여겼다.

실제로 다른 일반적인 헌터에 비하면 충분히 빠른 성장을 보여줬다.

그렇기에 차세대 간판인 팀 비스트를 만들어 리더의 자리에 앉힌 것이다.

그런데 부작용으로 실패작에 불과하다 판단해 퇴출시킨 재식이 최고의 인재로 부상했다.

'슬슬 머리가 커졌을 테니, 전에 한 협박은 더 이상 효과가 없겠군.'

백강현은 미간을 좁히며 인상을 잔뜩 구겼다.

백강현의 고민이 깊어지는 이유였다.

당시에 그냥 좋게 떠나보냈더라면, 그냥 격려 몇 마디 던진 뒤에 내보냈더라면 하는 후회가 밀려왔다.

'제길, 비밀을 외부에 알리지 못하는 걸로 충분하다고 생각했는데…….'

지금에 와서 생각하니, 당시에 재식을 협박한 것은 최악의 선택이었다.

그냥 미안하다고 사과하며 보상금을 조금 더 챙겨주는 것이 최선이었고, 아니면 차라리 다른 사람들의 눈을 의식하지 않고 그냥 죽이는 게 차선이었을 것이다.

하지만 그런 판단을 내린 합당한 근거는 충분했다.

부작용 때문에 제대로 힘을 사용할 수 없는 재식은 자신의 수준에 만족하며 사냥할 수밖에 없을 터였다.

그게 아니라면 은퇴한 뒤, 일반인의 삶을 살아가는 것 외에는 다른 선택의 여지가 없었다.

전자라면 언제든 몬스터에게 목숨을 잃을 테니 걱정하지 않아도 됐고, 후자라면 사건 자체가 조용히 잊힐 테니 신경 쓸 필요가 없었다.

하지만 어찌 된 일인지, 백강현의 앞에 최악의 상황이 펼

처지고 말았다.

시시각각 변하는 백강현의 표정에 회의장의 분위기는 더욱 암울해질 뿐이었다.

결국, 한참을 고심하던 백강현은 뾰족한 수가 없다는 듯 간부들을 둘러보며 질문을 던졌다.

"이 일을 어떻게 처리하는 게 좋겠나?"

백강현은 자리에 앉은 간부들의 얼굴 하나하나 면밀히 지켜봤고, 그의 시선에 간부들이 몸을 움찔거렸다.

그들이라고 속 시원한 해결법이 있을 리가 없었다.

하지만 길드장인 백강현이 질문했으니, 그들은 이에 대한 의견을 반드시 내놓아야 했다.

간부들은 심각한 표정으로 머리를 굴렸다.

'어떤 대답을 해야 하지?'

'무슨 말을 꺼내야 욕을 먹지 않을까?'

그들의 머릿속은 대동소이한 생각들로 꽉 차 있었다.

어떻게 하든 백강현의 호통을 듣지 않을 그럴듯한 대답만 찾을 뿐, 이 사태를 해결하기 위한 고민 따위는 한 줌도 섞이지 않았다.

"음, 제가 한마디 하겠습니다."

다른 간부들이 모두 입을 닫은 채 눈치만 살피고 있을 때, 재식의 교육을 담당한 적 있는 채치수가 담담하게 입을 열었다.

그러자 백강현을 비롯한 모든 이들의 시선이 그에게 몰렸다.

찌를 듯한 시선이 쏠리자 채치수는 주춤했지만, 조심스럽게 자신의 생각을 풀어놓았다.

"우리는 이미 그를 버렸습니다."

채치수가 말을 마치기 무섭게 간부들의 표정이 일그러졌다.

아무리 좋게 포장해도 험악한 분위기에 좋지 않게 들릴 게 빤한데, 그는 단도직입적으로 버렸다는 말을 꺼낸 것이었다.

인상을 잔뜩 구긴 건 백강현도 마찬가지였다.

하지만 채치수는 그의 표정이 구겨지는 것을 마주 보며, 말을 계속 이어 나갔다.

어차피 이도 저도 아닌 이야기만 한다면, 회의는 끝나지 않을 터였다.

게다가 누군가 엉뚱한 말이라도 꺼낸다면 백강현의 분노가 폭발할 수도 있었다.

"자질이 부족하든 음모에 빠져 부작용이 심각한 시술을 받았든 그가 가진 능력이 우리 길드의 기준에 맞지 않아 퇴출시킨 겁니다. 한 번 그렇게 결정을 내렸는데, 부작용을 극복하고 고위 헌터가 됐다고 다시 길드로 돌아오라고 제안하면 그가 좋다고 하겠습니까?"

채치수는 자신의 생각을 수정하지 않은 채 그대로 내뱉었다.

그러면서도 길드장인 백강현과 간부들의 표정을 살피는 것을 소홀히 하지 않았다.

"다들 그렇지 않을 거라는 걸 아실 겁니다. 그러니 굳이 가망 없는 일에 신경 쓰기보단 지금 계획 중인 팀 비스트의 인원 확충과 와일드 울프 멤버의 보강에 집중하는 게 나을 겁니다."

사실 팀 와일드 울프는 성신 길드에서 처음으로 기획한 몬스터 레이드 공대였다.

저스티스는 군이 헌터들의 관리를 포기할 때, 성신 제약에서 영입한 헌터들로 성신 길드의 기반을 다지는 데 공헌했지만, 처음부터 기획한 공대가 아니다 보니 한계를 드러내며 성장이 정체되고 말았다.

하지만 팀 와일드 울프는 달랐다.

팀 와일드 울프는 성신 제약에서 생산하는 블랙 울프라는 유전자 앰플을 세상에 알리기 위해 기획된 공대로, 성공적으로 명성을 쌓으며 상당한 활약을 보여줬다.

그 과정에서 많은 멤버들이 사망과 부상으로 자리를 비웠고, 비운만큼 새로운 인원들이 공석을 채우며 최고의 팀으로 거듭났다.

상징성으로는 저스티스가 우위를 점하지만, 발전 가능성

에 주목한다면 와일드 울프에 지원하는 것이 합당했다.

그리고 팀 비스트의 경우, 성신 제약의 유전자 앰플의 종류가 늘어난 것과 성능 개량을 통해 발전했다는 사실을 알릴 필요성이 대두돼 젊은 헌터들 중에 자질이 뛰어난 이들을 엄선해 만들어진 레이드 팀이었다.

하지만 팀 비스트는 성신 길드가 다른 길드의 압박을 받는 상황에서 계획을 진행하다 보니 뚜렷한 성과를 내지 못했다.

게다가 성신 길드가 길드 랭킹 상위권에 들어선 지금, 팀 비스트는 겨우 파티 규모에 불과해 수적으로 너무 빈약해 보였다.

이대로 팀 비스트를 해체할 게 아니라면, 빠르게 인원 확충이 필요한 상황이었다.

때마침 한국은 물론이고, 일본에서도 많은 헌터들이 성신 길드로 유입됐으니 전력을 수급하는 데 문제는 없을 터였다.

특히나 백강현의 강함에 반해 성신 길드로 이적한 고위 헌터도 더러 있었고, 레벨은 떨어져도 자질이 우수한 일본의 헌터들도 대거 가입한 상황이었다.

"흠, 이미 계획을 짜둔 게 있는 것처럼 들리는군."

"네. 와일드 울프에는 새로 가입한 고위 헌터들을 배정할 계획이고, 비스트 쪽에는 일본에서 유입된 헌터들 중 자질이 우수해 보이는 이들을 엄선해 투입할 예정입니다."
채치수의 발언에 백강현은 고개를 끄덕였다.
"나쁘지 않은 생각이야. 성신 길드의 새로운 활력을 불어넣어 주겠지. 하지만… 그걸로 충분하겠나?"
"네. 굳이 사이가 틀어진 헌터를 쫓아가 아쉬운 소리를 꺼낼 필요는 없을 것 같습니다. 게다가 정재식이 저희 제안을 받아들인다면 문제없겠지만, 거절한다면 체면을 구기게 될 겁니다."
"무슨 말인지 잘 알겠네."
백강현이 판단하기에도 재식의 길드 재가입은 가망이 없어 보였다.
'S급 헌터가 됐다고 여기저기 돌아다니며 과거사를 퍼뜨리고 다니지 않을 정도의 정신머리는 있었으니까.'
재식이 솔로 프리랜서를 고집한다면 더 좋지만, 길드나 협회에 가입하더라도 상관 없었다.
백강현은 야마타노 오로치 레이드에 성공하면서 자신보다 강하다 여기던 무신이나 뇌신을 뛰어넘었다고 스스로 판단했다.
그에 비해 재식은 이제 갓 6등급에 올라선 헌터일 뿐이었다.
자신과는 아직 한참이나 차이가 나는 건 물론이고, 협회나 신성, 화랑 길드에 재식이 더해진다고 해서 성신 길드에 위기가 닥치지도 않을 터였다.

그런 재식에게 굽히고 들어갈 이유가 전혀 없었다.

"다른 의견은?"

생각을 정리한 백강현은 다시 간부들을 한 번 훑어보며 물었다.

그러자 채치수는 속으로 안도의 한숨을 내쉬며 자리에 앉았다.

다행히 백강현이 자신의 의견을 긍정적으로 받아들였기 때문이다.

*　　　*　　　*

"적을 묶어라, 넷 바인드!"

재식이 한 손을 뻗어 정면에 있는 6등급 몬스터, 락 골렘에게 마법을 시전했다.

그러자 회색의 덩어리가 한데 뭉치더니, 락 골렘에게 빠르게 날아갔다.

그워어!

자신을 향해 회색의 빛 덩이가 날아들자, 락 골렘은 묵직한 괴성을 내지르며 재식을 향해 달려왔다.

하지만 락 골렘에 접근한 회색 구체는 놈의 정면에서 갑자기 폭발했다.

그러자 무질서하게 얼기설기 엮인 그물이 락 골렘을 휘감았다.

그웍!

앞으로 전진하던 락 골렘은 갑자기 자신의 몸이 무언가에 의해 속박당해 움직여지지 않자 비명으로 들리는 소리를 내뱉었다.

자신의 마법이 제대로 발동하는 것을 확인한 재식은 자신의 뒤에 대기 중인 최수연에게 소리쳤다.

"지금이에요!"

"알았어!"

재식의 신호를 받은 최수연은 자신의 양 옆에 늘어선 팀 유니콘 제5전대 멤버들에게 지시를 내렸다.

"공격!"

대장인 최수연의 명령에 신초롱을 제외한 나머지 세 멤버가 각자 자신의 속성을 이용해 사정없이 공격을 퍼붓기 시작했다.

"파이어 스트라이크!"

"아이스 해머."

"에어 버스터!"

부전대장인 권인하의 파이어 스트라이크 공격에 이어, 이하윤의 아이스 해머와 정미나의 에어 버스터가 락 골렘에게 날아갔다.

명령을 내린 최수연도 즉시 번개를 달렸다.

콰콰쾅!

그오오.

7등급인 최수연의 번개 공격에 6등급의 화염과 얼음 공격이 직격하자, 단단하기로 유명한 락 골렘의 몸체가 큰 충격을 받아 쩍 하고 금이 가고 말았다.

마지막으로 에어 버스터가 작렬하자, 갈라진 락 골렘의 몸통 일부가 충격을 견디지 못하고 부서지며 땅으로 떨어져 내렸다.

그러나 재식은 마른침을 삼키며 락 골렘의 움직임을 주시하며 긴장을 풀지 않았다.

타격을 입은 게 명백해 보이지만, 안심을 할 수는 없었다.

골렘 계열의 몬스터는 몸에 지닌 마정석이 부서지거나, 몸에서 떨어지지 않는 이상 끊임없이 자가 수복하는 능력을 보유하기 때문이었다.

더 이상 미동도 없다고 방심했다가는 큰 낭패를 볼 수도 있었다.

다행히 이곳에는 골렘에 대해 누구보다 잘 아는 재식이 있기에 그럴 가능성은 극히 희박했다.

재식은 챠콥의 기억에서 골렘에 대한 지식도 얻을 수 있었다.

어떤 원리로 골렘이 움직이는지, 골렘의 약점은 무엇인지 잘 알기에 놈을 상대하는 건 식은 죽 먹기보다 쉬었다.

사실 골렘은 헌터들에게 정보가 많이 알려진 몬스터는 아니었다.

힘들게 잡아도 골렘의 마정석은 하급보다 못한 취급을 받으니 다들 기피하기 때문이었다.

그도 그럴 것이, 골렘은 자가 수복하며 마력을 사용하는데, 그 마력을 자신이 품은 마정석에서 가져와 소모해 버린다는 치명적인 단점을 가진 몬스터였다.

덕분에 기껏 골렘을 잡아도 마정석에 마력이 하나도 없거나, 아주 미량만 남은 게 대부분이었다.

즉, 에너지를 모두 소진해 빈껍데기만 남아서 값어치가 떨어질 수밖에 없었다.

그러다 보니 평범한 헌터들 중 골렘에 관심을 가지는 이들은 거의 없었고, 정보가 널리 퍼지지 않다보니 무척이나 상대하기 까다로운 몬스터 중 하나가 되고 말았다.

그런데 그들이 모르는 사실이 있었다.

골렘의 몸 안에 있는 것은 마정석이 아니라 마나석이었다.

골렘은 인공적인 로봇에 가깝다 보니, 생명체가 지니는 마정석으로는 만들 수 없었다.

그래서 마법사들은 우연히 광물에 마나가 스며들어 만들

어진 마나석으로 골렘을 제작했다.

마나석과 마정석의 차이는 굉장했다.

마나석은 마력을 소비한 뒤, 마정석 근처나 마나가 풍부한 지역에 놔두면 점점 마력이 충전된다는 의외의 장점이 있었다.

이런 지식이 없는 협회는 골렘의 마나석을 마정석으로 오인하고 마력이 하나도 없거나 기준치 이하인 마나석이라며 구매하지 않았다.

이러한 사정으로 인해 골렘은 그냥 방치되는 경우가 많았는데, 그러기엔 너무 위험한 존재였다.

6등급이나 되는 골렘이 민가에 입힐 피해를 상상하면 아찔할 정도였다.

심지어 코어인 마나석이 계속해서 주변의 마력을 흡수하기에 그냥 두면 언제까지고 계속해서 작동한다.

지치는 법도, 만족하는 법도 없는, 그야말로 파괴 로봇인 셈이다.

그러니 누군가는 반드시 골렘을 처리해야 하는데, 돈이 되지 않는 몬스터를 사냥하려는 사람이 있을 리가 만무했다.

그러다 보니 골렘이 등장하면 대부분은 협회가 나서서 처리하는 경우가 많았다.

그런 경우의 대부분을 담당하는 게 바로 유니콘의 제5 전대였다.
5전대의 경우 아직 인원이 충원되지 않아 대규모 몬스터 사냥이나, 레이드를 할 수 없었다.
그래서 이런 잡무와 비슷한 일을 주로 맡아서 처리하는 일이 잦았다.
오늘도 골렘 출현으로 신고가 접수됐고, 곧장 출동하기 위해 채비를 갖추는데 재식이 슬쩍 끼어들었다.
마침 최수연이 제5전대로 들어오는 게 어떻겠냐고 설득하고 있을 때 비상이 떨어졌고, 골렘이라는 말에 혹한 재식이 동행을 제안했기 때문이다.
최수연은 현장에 나가면서 재식을 설득할 겸, 실력도 확인하자는 생각에 그의 동행을 허락했다.
최수현은 S급 헌터의 도움을 거부할 이유가 없었다.
어떤 일이 발생할 수 없는 몬스터 사냥에서 실력이 뛰어난 헌터가 한 명이라도 많다면 갑작스럽게 닥칠 위기에서 살아날 확률이 높아지기 때문이었다.
"마나의 흐름을 묶는다. 프리징 오브 마나!"
재식은 부서진 부위를 수복하기 위해 코어의 마나를 활성화하려는 락 골렘에게 마나 동결 마법을 걸었다.
재식의 마법이 다시 한 번 놈을 덮쳤고, 코어에 내제된 마나가 얼음처럼 굳어진 골렘은 움직임을 멈췄다.
코어의 마나가 신체로 전달되지 않자 골렘을 움직이던 마법이 멈춰버렸기 때문이다.

최수연을 비롯한 이들은 절호의 기회를 놓치지 않고 공격을 퍼부었고, 골렘의 몸은 산산이 부서져 형편없이 바닥을 굴렀다.

"와아! 끝났다."

"와, 어떻게 골렘을 이렇게 빠르게 잡을 수 있지?"

제5전대의 막내인 정미나는 일이 일찍 끝난 것에 신나서 소리쳤고, 이하윤의 경우에는 단단한 바위로 이루어진 락 골렘을 빠르게 사냥한 것에 놀랐다.

"재식 씨의 실력이 보통이 아니네요."

신초롱은 재식을 추켜세우는 말을 건넸지만, 락 골렘 사냥에 별다른 활약을 보이지 못한 것이 약간 분한 듯 뾰로통한 표정을 지어 보였다.

그런 신초롱의 모습에 재식은 살짝 미소를 지어 답한 뒤, 락 골렘의 잔해로 걸어갔다.

재신은 자신이 온 목적을 잊지 않고 골렘의 상체에서 떨어져 나온 코어를 집어 들며 말했다.

"누나, 이거 제가 가져가도 될까요?"

골렘의 마나석이 쓸모없다고 아는 최수연은 재식의 말에 흔쾌히 고개를 끄덕이며 허락했다.

그도 그럴 것이, 푼돈에 불과한 골렘의 마정석으로 영입 대상인 재식에게 서운함을 느끼게 만들 필요가 없었다.

최수연은 재식이 어째서 골렘의 마정석에 눈독을 들이는지 알 수 없지만, 이렇게 좋은 인연을 맺어두면 그를 전대에 영입할 때 긍정적으로 작용하리라 판단했다.

"고마워요, 누나."

재식은 혹시나 최수연이 말을 번복할까 싶어 얼른 마나석을 챙겼다.

재식은 당장 아공간을 만들 수는 없지만, 그 하위 버전인 공간 확장 아이템 제작에 도전할 계획이었다.

물론, 공간 확장 아이템을 만드는 것도 만만치 않은 일임에는 분명했다.

우선 5클래스 마법사가 되어야 하는 건 물론이고, 인챈트 마법을 알아야 한다는 전제 조건이 필요했다.

그러나 재식은 5클래스 마법사라는 조건을 충족한 상태였고, 차콥의 기억으로 인챈트 마법진을 새길 수 있는 지식도 가졌다.

하지만 정작 필요한 마나석이 없어서 계획을 미루는 중이었는데, 우연한 기회에 골렘을 잡을 기회가 생겼다.

'이걸로 공간 확장 아이템을 만들면, 거추장스럽게 배낭을 메고 돌아다닐 필요가 없을 거야.'

재식은 아주 만족스런 미소를 지어 보이며, 원래 중급 마정석에 버금갈 정도의 마나를 품었을 것으로 보이는 마나석을 어루만졌다.

하지만 제5전대의 대원들은 재식의 행동을 유별나다는 듯 바라보며 고개를 갸우뚱했다.

'지구에서 골렘의 코어가 마나석이라는 건 나만 알고 있어. 그렇다는 건 버려지는 마나석을 내가 챙겨서 아이템을 만들 수 있다는 뜻이야.'

재식의 입가에 더욱 짙은 미소가 그려졌다.

9. 제안을 뿌리치다.

락 골렘을 퇴치한 뒤, 협회 본부로 돌아가는 길.

팀 유니콘 제5전대가 탄 차량 안은 무척이나 소란스러웠다.

그도 그럴 것이, 위험 분류 6등급의 락 골렘을 출동한 지 한 시간도 되지 않아 처리했기 때문이다.

원래라면 제5전대의 전력으로 적어도 두세 시간은 족히 고생해야 할 몬스터였다.

하지만 엄밀히 따져 보면, 락 골렘과 전대원들의 상성이 좋지 못한 탓이 컸다.

만약 제5전대에 대지 속성이나 나무 속성의 대원이 있다면 훨씬 더 쉽게 상대할 수 있을 것이다.

더욱이 제5전대는 몬스터의 시선을 끌어줄 탱커도 없었다.

그러다 보니 제5전대가 단독으로 몬스터를 상대할 때엔 그나마 강력한 물리력을 행사할 수 있는 얼음 속성의 이하윤이 몬스터의 발목을 잡고, 다른 멤버들이 공격을 퍼붓는 패턴을 보였다.

하지만 락 골렘은 대지 속성이기에 이하윤의 얼음 속성과는 상성이 매우 좋지 않았다.

그렇기 때문에 기존의 방식을 사용할 수가 없어서 다른 6등급 몬스터를 상대할 때보다 락 골렘을 퇴치하는 데 시간이 더 걸렸다.

그래도 제5전대의 전력이 상성을 무시할 수 있을 정도로 강력했고, 오랫동안 손발을 맞추며 팀워크가 좋아서 두세 시간 내외로 골렘을 부술 수 있었다.

그런데 오늘은 락 골렘의 약점을 잘 아는 건 물론이고, 움직임까지 잡아준 재식의 도움으로 시간이 굉장히 단축됐다.

그러자 정미나와 이하윤 등은 잔뜩 흥분해 재식의 주변에 모여 재잘재잘 떠들어 댔다.

"재식아, 다시 한 번 생각해 보면 안 될까? 너도 헌터 협회에 들어와, 응?"

통성명으로 서로 나이가 같다는 것을 알게 된 이하윤은 재식을 친구처럼 대하며 협회에 가입하라는 제안을 계속 건넸다.

"그래. 오늘 락 골렘 상대하는 거 보니까, 정말 대단하더라."

제5전대의 버퍼이자 힐러 역할을 담당하는 신초롱 역시 어느새 친구처럼 말을 놓고 재식을 편하게 대했다.

"오빠, S급이라더니 정말 대단해요. 그런데 어떻게 락 골렘의 약점을 알았어요?"

정미나는 아예 재식의 곁에 바짝 다가와 안장 얼굴을 들이밀며 물었다.

사실 그건 정미나뿐만 아니라, 다른 사람들도 궁금하긴 매한가지였다.

몬스터의 습성이나 약점은 알려진 것보다 아직 공개되지 않은 게 더 많았다.

특히나 락 골렘처럼 사물에 생명이 깃든 몬스터의 경우, 현재 알려진 바가 거의 없다시피 하기에 그녀들의 호기심을 더욱 자극했다.

"그래, 재식아. 말이 나온 김에 말해봐. 어떻게 락 골렘의 약점을 안 거야?"

최수연마저 눈을 동그랗게 뜨며 재식에게 질문을 던졌다.

안 그래도 얼굴을 들이밀며 질문하는 정미나의 향기에 심장이 두근거리던 재식이었는데, 앞자리에 앉은 최수연까지 무릎이 맞닿을 정도로 바짝 다가와 앉자 얼굴이 뜨겁게 달아올랐다.

학창 시절, 최수연은 사실 재식에게 있어 동경하는 여신이었다.

아니, 그 시절 인근에 살던 동년배 모두의 여신이라고 표현하는 게 맞을 것이다.

최수연의 미모가 널리 알려진 것은 대학에 입학한 이후지만, 인근에선 고등학교에 다닐 때부터 난리일 정도로 미인이었다.

그러다 보니 재식과 그의 친구들은 모두 그녀를 마음에 두고, 사랑의 열병을 앓았다.

재식은 최수연과 몇 년 만에 다시 만났지만, 그녀의 미모는 아직도 빛이 바래지 않았다.

그러다 보니 재식은 언뜻언뜻 스치듯 최수연을 바라볼 때마다 심장이 두근거렸는데, 이렇게 가까이 다가오며 질문을 건네니 얼굴이 붉게 달아오르는 것은 지극히 당연한 일이었다.

"와! 오빠, 얼굴 빨개졌다. 하하하!"

정미나는 재식이 당황해 얼굴이 붉게 물든 것을 보며 장난치듯 떠들어 댔다.

"크흠, 그게… 전에 내가 변종 고블린에게 붙잡힌 적이 있었잖아."

재식은 얼른 당혹스런 순간을 벗어나기 위해 이야기를 꺼냈다.

"응, 우리가 출동해서 구해줬잖아."

고개를 끄덕이며 신초롱이 대답하자, 재식은 얼른 이야기를 이어 나갔다.

"그놈은 변종 고블린이 아니라, 홉고블린이라는 고블린의 상위종이야. 놈들은 지능도 인간 정도로 뛰어나고, 손재주도 뛰어나."

재식은 챠콥의 기억을 통해 알게 된 홉고블린에 대한 정보를 간단하게 설명했다.

그러고 나서 챠콥에 대한 이야기를 들려줬다.

"어떻게 된 일인지 자세히 모르지만 난 그놈에 의해 마법 실험을 당한 것 같아."

자신이 몬스터에게 실험을 당했다는 말을 담담히 꺼내는 재식의 모습에 최수연은 물론이고, 다른 제5전대 대원들은 조금 전 장난스러운 모습과는 다르게 숙연해졌다.

물론, 재식이 이러한 이야기를 꺼낸 것은 자신이 성신 길드에서 생체 실험을 당한 것을 숨기기 위한 것이었다.

이야기를 하다보면 자칫 그때 일을 발설할 수도 있기에 그 당시의 상황까지 설명하는 일을 원천 봉쇄하려는 의도를 가지고 처음부터 챠콥만 언급한 것이었다.

"그 과정에서 내가 폭주한 모양이야. 중간에 그만 정신을 잃고 다시 깨어났을 때 처음 본 게 협회 본부의 회복실이었거든."

재식은 자신이 챠콥의 마법 실험 과정을 건너뛰고 깨어난 부분으로 바로 넘어갔다.

그러나 재식이 챠콥의 실험실에서 몬스터 이상으로 날뛰던 모습을 기억하는 이하윤과 신초롱, 그리고 정미나는 얼굴이 순간 창백해졌다.

당시 재식은 실험을 당하기 전에 모든 것을 고블린에게 빼앗긴 상태라 알몸이었지만, 그 점에 주목하는 사람은 아무도 없었다.

그저 실험실에 당도했을 때, 온몸에 검은 안개를 두른 몬스터가 또 다른 변종 몬스터를 습격해 신체 일부를 먹는 충격적인 모습을 목격했기 때문이다.

나중에 몬스터가 아니라 사람이라는 것을 알게 됐을 때, 그 이상으로 충격을 받았다.

하지만 그럼에도 재식의 알몸이 생각난 것인지, 정미나를 비롯한 여성들의 얼굴이 붉어졌다.

"에헴, 그런데 이상한 일이 벌어졌는데, 그 홉고블린의 기억이 내게 일부분 전이된 것 같아."

"뭐? 그게 정말이야?"

"정말이에요? 몬스터의 기억이 오빠에게 전이됐다고요?"

최수연을 비롯한 제5전대 멤버들은 재식이 내뱉은 폭탄 선언에 깜짝 놀라고 말았다.

도저히 믿기 힘든 이야기이기 때문이었다.

사람의 기억이라고 말해도 믿기 어려웠을 텐데, 몬스터의 것이라는 말은 당연히 믿을 수가 없었다.

하지만 재식의 표정은 전혀 거짓말하는 것처럼 보이지 않았다.

"그럼 그 몬스터의 기억으로 락 골렘의 약점을 알아냈다는 말인가요?"

정미나가 눈을 동그랗게 뜨며 물었다.

"응, 홉고블린의 기억에는 저쪽 세계… 아, 이계라 하면 되겠다."

재식은 몬스터에 대해 설명하기 전에 이곳 지구와 차원 게이트 너머의 세계에 대한 정립이 필요하겠다는 생각으로 차원 너머를 이계라 명명하고 나서 설명을 계속 이어 나갔다.

"홉고블린의 기억으로 추측컨대, 이계에는 오래전에 인간과 같은 이들이 지내던 세상이었을 거야."

"아!"

"뭐?"

"정말?"

"그런 일이……."

재식의 이야기가 길어질수록 이를 듣는 제5전대의 멤버들은 하나같이 놀라서 탄성을 내지를 뿐이었다.

"그들은 과학이 아닌, 마법이란 것으로 문명을 이룩했어. 그런데 인간들은 생존을 위협하는 몬스터를 두고도 욕심을 버리지 못했고, 서로 반목하다 몬스터에 의해 멸망하고 말았지."

"그건 좀 심각한 얘기네."

최수연은 이계의 상황을 현대에 대입해 생각하며, 눈살을 찌푸렸다.

지금 당장은 몬스터를 막는 것에 급급해 다른 생각은 떠올리지 못하는 중이지만, 조금이라도 게이트 출현이 뜸해지면 전쟁이 벌어지지 말라는 법도 없었다.

"네. 하지만 그보다 더 무시무시한 건 마법을 통해 그들은 죽은 뒤에도 살아있는 것처럼 행동했어요."

"으으… 그건 사람이 좀비가 됐다는 말이에요?"

정미나는 상상만 해도 징그럽다는 듯 미간을 좁히며 혐오감을 드러냈다.

"아마 마법을 다루던 이들이니까, 리치가 됐다는 게 옳은 표현이겠지."

"그럼 너는 그 마법이라는 걸 익힌 거야?"

정미나의 추측을 정정한 재식의 말이 끝나자, 최수연이 조심스럽게 질문을 던졌다.

"네. 차콥의 지식으로 마법을 익힐 수 있었으니, 아마 아티팩트도 만들 수 있을 거에요."

각성한 것도 아니면서 속성, 그것도 다중 속성의 이능을 발휘하는 것은 물론이고, 소설이나 게임에 나오는 것과 같은 아티팩트도 만들 수 있다는 말에 최수연의 눈이 반짝였다.

그를 제5전대에 영입해야 할 이유가 점점 늘어나고 있었다.

"불확실한 정보로 마법을 배우자고 결심하는 게 쉬운 일은 아니었을 텐데……."

이하윤의 말에 재식은 가볍게 어깨를 으쓱이며 담담하게 답했다.

"네. 하지만 더 강해질 수 있는 방법이 있다는 걸 알게 됐는데, 배우지 않을 이유가 없었어요. 전 뭐라도 해야 할 상황이었으니까요."

"그런데 그거 배우는 게 그렇게 쉬워?"

최수연은 문득 재식이 불과 2주도 되지 않은 시점에서 6등급 라이선스 갱신 안내를 받은 것을 염두에 두고 질문을 던졌다.

"그렇지는 않은 것 같아요. 일단 기억에 의하면 마법을 배우기 위해선 특별한 자질을 타고나야 한다고 해요. 그런데 아직 제가 마법에 대한 이해가 깊지도 않고, 기억도 중간중간 끊긴 게 많아서 제가 자질을 타고 나서 쉬운 건지, 다른 이유가 있는 건지 몰라서 뭐라고 답하기가 어렵네요."

재식은 자신이 아는 상식선에서 마법에 대한 난이도를 설명했다.

"그럼 그냥 쉽게 생각하면 되지 않을까? 넌 마법에 대한 재능을 타고 난 거야."

이야기를 들은 정미나가 깊게 생각하지 않은 답변을 내놨다.

"글쎄. 이건 나도 예상하지 못한 거라서. 난 단순히 다이어 울프의 사체를 하나라도 더 가져오기 위해서 마법을 익힌 것뿐이야."

재식은 북한산에서 마법을 익히자 결심한 배경에 대해 설명했다.

그러자 정미나는 재식에게 찾아온 행운에 놀라며 눈을 동그랗게 떴다.

"와! 완전 대박이네."

"그러게 말이야."

"재식아, 그 행운을 조금 나눠줄 생각은 없어?"

'행운이라…….'

재식은 신초롱의 말에 과거를 떠올려봤다.

하지만 아무리 생각해도 자신이 살아온 길은 순탄해 보이지 않았다.

물론, 운이 많이 따르긴 했지만, 사실 따지고 보면 그게 행운이라고 말할 수는 없었다.

어린 시절 유복하게 생활하다 갑작스럽게 게이트 브레이크로 아버지가 몬스터에게 부상을 입으며 가세는 날로 기울었다.

작년까지만 해도 솔직히 암울한 상황이라 말할 수 있을 정도로 힘들었다.

아버지는 오래전 몬스터에게 당한 부상 때문에 의사에게 시한부 판정을 받았고, 자신은 한 번도 아니고 두 번이나 생체 실험을 당했다.

세상 어느 누가 생체 실험을 두 번이나 당하겠나.

그나마 다행이라면 두 번째 생체 실험이 전화위복이 되면서 첫 번째 실험의 부작용을 없애 준 점이다.

하지만 이것을 두고 행운이라고 말할 수 있을지는 생각해 볼 문제였다.

다만, 이제는 모든 문제가 해결된 것은 물론이고, 새로운 힘까지 갖게 되었으니 천만다행이라 생각됐다.

"뭐, 그렇게 볼 수도 있겠네."

재식은 정미나의 말에 별거 아니란 듯 가볍게 대답했지

만, 재식의 사정을 잘 아는 최수연은 안쓰럽다는 표정을 지어 보이며 재식을 바라봤다.

"우리도 배울 수 있으면 좋을 텐데… 오빠, 우리 전대에 들어와서 마법을 전수할 생각은 없어?"

다시 이야기가 처음으로 돌아갔다.

정미나는 자신이 마법을 배울 수 있는지 없는지도 모르면서 다짜고짜 재식에게 마법을 전수해 달라며 억지를 부렸다.

그녀가 너무 무례하게 재식에게 매달리자, 최수연은 정미나를 제지할 생각이었으나 마음을 고쳐먹었다.

자신도 재식에게 제5전대에 들어오라는 제안을 건넸지만, 그가 번번이 제안을 고사하며 실패하고 말았다.

그런데 정미나가 재식의 설득에 성공한다면, 손대지 않고 코를 푸는 격이었다.

최수연은 정미나가 재식을 설득하는 것을 잠자코 지켜보자는 쪽으로 돌아섰다.

"미나야, 권유해 줘서 고마운데, 사정상 난 어느 단체에 들어갈 수가 없어."

성신 길드가 요구한 비밀 서약에는 재식이 다른 길드나 협회에 들어가는 것을 막는 조항은 없었다.

하지만 재식은 그런 조항이 없더라도 성신 정도의 거대 길드라면 어떤 식으로든 가입한 단체에 압력을 행사할 것이라 판단했다.

실제로 백강현이 지시하지는 않았지만, 몇몇 성신 길드의 헌터들은 은근히 악의적인 소문을 퍼뜨려 재식을 고립시키기 위해 노력했다.

재식이 그런 소문을 접할 기회가 없던 것은 다른 헌터들과 함께하지 않고 프리랜서 헌터로 혼자 사냥했기 때문이다.

성신 길드 퇴출 이후 유일하게 파티를 맺었을 때는 협회의 의뢰로 잠깐 함께 움직인 것에 불과했다.

그 뒤로는 사냥을 나섰다가 우연히 조우한 레볼루션 클랜이나, 유니콘의 제5전대를 만나 동행한 게 전부였다.

지금이야 우연이라고 여기며 넘어갈 수 있을 정도지만, 이런 일이 반복되면 성신 길드에서 압력을 행사하자 마음먹을 수도 있었다.

그러다 보니 재식은 영입 제안을 쉽게 받아들일 수가 없었다.

물론, 제5전대와 동행하며 동료가 있으면 무척 편하다는 사실을 알게 됐고, 이들과 함께한다면 위험 분류 6등급이 아니라 7등급도 잡을 수 있을지도 모른다는 생각이 들었다.

'레볼루션 클랜과 함께 사냥했을 때도 편하긴 했지만, 답답한 면이 없지 않았는데 이번엔 정말 함께하고 싶다는 생

각이 들 정도였으니까.'

재식은 조금 아쉽다는 듯 속으로 입맛을 다셨다.

'괜히 좋은 관계의 사람들에게 피해를 주는 것보단 지금 처럼 혼자 사냥하는 게 마음이 더 편하기도 하고…….'

재식이 마지막 순간까지 고민하다가도 생각을 접을 만큼, 성신 길드와 백강현이란 존재는 뛰어넘기 어려운 높다란 벽이었다.

게다가 성신 길드 탈퇴 당시 백강현이 보여준 인상은 너무도 강력했고, 그가 야마타노 오로치를 사냥하는 모습은 재식에게 트라우마처럼 기억에 새겨졌다.

'성신과 백강현을 극복했을 때, 다시 한 번 제안해 주세요.'

재식은 자신의 속마음을 숨기며 제5전대 대원들의 제안을 단호히 거절했다.

그러자 최수연은 물론이고, 다른 전대원들의 눈동자가 작게 흔들렸다.

*　　　*　　　*

최수연을 비롯한 전대원과 협회 본부로 돌아가고, 재식은 중간에 내려 집으로 향했다.

협회 소속도 아니고, 협회 본부를 방문해 라이선스 발급

테스트를 마친 후라 굳이 동행할 필요성을 느끼지 못했기 때문이다.

재식이 중간에 내리겠다고 말을 꺼내자 제5전대의 대원들은 크게 아쉬워하며 섭섭하다는 표정을 지어 보였다.

하지만 재식은 단호하게 미련을 떨쳐 버리고 중간에 내렸다.

회자정리 거자필반이라.

재식 역시 아쉬운 건 마찬가지지만, 지금은 헤어질 시간이었다.

저벅저벅.

이제는 해가 길어져 오후 여섯 시가 넘었지만, 날은 아직도 밝았다.

집으로 향하는 골목에 들어선 재식은 집 앞에 누군가 쪼그려 앉아 있는 걸 발견했다.

"누구십니까?"

재식은 검은 양복을 입은 사내가 집으로 들어가는 문을 막고 앉아 있는 모습에 눈살을 찌푸렸다.

그런데 재식을 발견한 남자는 그의 표정을 보고도 아랑곳하지 않고 다가왔다.

재식의 앞에선 남자는 얼른 품에서 명함 한 장을 꺼내 재식에게 내밀었다.

"안녕하십니까, 정재식 헌터님이시죠? 전 신성 길드의

스카우터인 최명호라고 합니다."

재식은 최명호의 자기소개를 들으며 경계의 의미를 담아 그를 위아래로 훑어봤다.

"네. 그런데 무슨 일이시죠?"

"아, 예. 다름이 아니라, 6등급 헌터가 되셨는데 아직 소속이 없다고 들었습니다. 그래서 저희 대 신성 길드에서 정재식 헌터님을 모시고 싶습니다. 저희 신성 길드로 말할 것 같으면, 대한민국 최고의 그룹인 신성 그룹 산하의 길드입니다. 또한 대한민국 최대의 규모의 길드라는 건 말할 필요도 없고, 길드 소속 헌터에게 아낌없는 지원을 제공하는 것으로 유명합니다. 요즘 성신 길드가 일본에서 위험 분류 7등급 몬스터의 레이드에 성공하면서 급성장하고 있다지만, 아직까지는 저희 성신 길드가 우위를 점하고 있다고 확실하게 말씀드릴 수 있습니다. 혹시 어느 길드에 들어갈지 고민 중이시라면, 저희 신성 길드로 오십시오. 신성 길드로 정재식 헌터님을 모시고 싶습니다."

최명호는 재식을 신성 길드에 가입시키고 싶다는 말을 장황하게 늘어놓았다.

하지만 재식이 어떤 단체에 들어가려고 마음먹었다면 최수연의 권유를 거절하지 않았을 것이다.

아무리 신성 길드가 대한민국 랭킹 2위이고 대한민국 재계 서열 부동의 1위인 대그룹 산하의 거대 길드라지만, 국가 기관인 헌터 협회보다 못하다는 게 재식의 솔직한 생각이었다.

비록 월급은 길드 소속의 헌터에 비해 적다지만, 협회 소속이 되면 수많은 혜택이 주어진다.

그중 하나가 바로 살인 면허다.

첩보 영화에 등장하는 특수 요원이 사건을 해결하기 위해 살인을 저질러도 체포되지 않을 권리를 가지는 것처럼, 협회 소속 헌터에게도 같은 권한이 주어진다.

그 이유는 빌런을 수사하고 처벌하는 이들이 협회 소속의 헌터이기 때문이었다.

물론, 살인 면허가 언제 어느 때나 효력을 발휘하는 건 아니었다.

살인 면허를 가진 헌터가 살인을 저질렀는데, 무고한 사람을 죽이거나 본인의 사익을 위해 남용한 것이라면 즉각 회수될 수 있었다.

그리고 해당 헌터는 즉각 범죄자로 분류돼 가중처벌을 받는다.

다만, 빌런을 수사하는 과정에서 수사를 방해하거나 불가피한 경우에 한해 정상참작은 가능했다.

그다음으로 가장 매력적인 조건은 협회 소속 헌터의 경우, 몬스터를 잡아 수익이 발생하면 세금 감면 혜택을 받는다.

헌터에게 부과되는 세금은 30%였다.

하지만 협회 소속 헌터는 그보다 적은 20%의 세금만 내고 10%의 수익을 더 올릴 수 있었다.

아무리 협회 소속이라지만, 헌터가 사냥한 몬스터에 대한 권한은 당사자에게 주어진다.

이는 협회 소석 헌터가 국가 공무원이지만, 특수한 직종인데다 이마저도 없으면 길드로 빠져나가는 이들을 붙잡을 수 없기 때문이었다.

다만, 협회 소속 헌터는 마음대로 몬스터 사냥을 나가지 못한다는 단점이 있었다.

돈이 되는 사냥터는 길드나 클랜 등에게 돌아갔고, 협회가 담당하는 곳은 몬스터를 잡아도 돈이 별로 되지 않거나 지극히 위험한 지역이 대부분이었다.

예를 들어 몬스터에 의해 잠식된 옛 북한 접경 지역이나 강원도 일부 지역이 대표적이다.

그러니 어떻게 보면 협회 소속의 헌터가 돈을 조금 번다는 얘기는 충분한 근거에서 나온 말이었다.

하지만 다양한 혜택을 받으면서 일이 없을 때는 충분한 휴식이 보장된다는 점이 무엇보다 큰 메리트로 작용했다.

또한 공무 중 부상을 입으면 회복할 수 있게 충분한 지원이 나오는 것은 물론이고, 부상이 심각해 헌터 일을 하지 못하게 될 시에는 협회 내의 사무직 쪽에 자리를 마련해 주는 제도가 마련돼 있기 때문에 미래를 걱정할 필요도 없었다.

혜택이 넘쳐 나는 협회 헌터 자리도 마다한 재식이 신성 길드에 들어갈 이유가 하나도 없었다.

솔직히 길드의 가장 큰 장점인 돈이라면 지금도 충분히 벌고 있었다.

비록 길드 소속의 헌터가 받는 것보다 적은 돈이지만, 결코 적은 액수도 아니고 벌이가 부족하다고 느낀 적도 없었다.

중급 헌터가 되기 전에도, 갓 중급 헌터가 됐을 때도 자신과 가족이 먹고 살 만큼은 번 재식이었다.

그러다 보니 재식은 신성 길드의 제안에 시큰둥할 수밖에 없었다.

아니, 괜히 신성 길드에 들어갔다가 성신 길드가 나설 경우, 부모님이 위험할 수도 있었다.

"말씀은 고맙습니다만, 전 생각 없습니다."

자신의 앞에 내밀어진 명함을 멀뚱히 쳐다보던 재식이 최명호의 제안을 단호하게 거절했다.

"아니, 왜요?"

최명호는 자신의 제안을 거절하는 재식을 이해할 수가 없었다.

"계약금만 무려 100억 원입니다. 그리고 연봉도 기본

20억에 수당으로 추가 지급되는 돈도 액수가 꽤 클 겁니다."

재식이 아무리 6등급의 S급 헌터라도 혹하기에 충분한 조건이었다.

하지만 재식은 고개를 절레절레 저었다.

"뭐라고 말씀하셔도 제 생각은 변하지 않을 겁니다."

"유정권 길드장님은 정재식 헌터님이 신성 길드에 가입한다면, 신성 인더스트리에서 생산하는 최고급 방어구를 무상으로 제공하고, 무기를 주문 제작해 주겠다고 말씀하셨습니다."

"좋은 조건이라는 것은 저도 잘 압니다. 하지만 개인적인 사정이 있는 탓에 전 어느 단체에도 들어갈 생각이 없습니다."

모든 조건을 설명했으나, 재식은 한사코 가입을 거부했다.

최명호는 그런 재식을 바라보며 의심의 눈초리를 보냈다.

'이거 욕심이 너무 많은 거 아냐? 아무리 S급 헌터라지만, 노골적으로 한몫 챙기려고 튕기기는 게 빤히 보이는데…….'

재식은 최명호의 표정에서 그의 생각을 읽었는지, 한숨을 푹 내쉬었다.

그의 입장에선 충분히 의심할 만한 태도로 보일 수도 있었다.

"사정을 말씀해 주십시오. 저희가 해결할 수 있는 거라면, 도움을 드리겠습니다."

최명호는 재식을 반드시 신성 길드로 영입하겠다는 의지를 불태웠다.

하지만 쉽사리 포기하지 않는 그의 행동이 그다지 달갑지 않은 재식이었다.

"제 일은 제가 알아서 하겠습니다. 그럼 이만 비켜주시죠."

"저희 조건이 마음에 들지 않으십니까? 이 정도면 업계 최고라 할 수 있는 조건인데……."

최명호는 일반적인 헌터들의 성향을 염두에 두고 재식을 설득했다.

그에게 재식의 거절은 자신의 몸값을 올리려는 수작으로 보였기 때문이다.

"이야기가 같은 자리를 돌기 시작했습니다. 저는 분명 제 사정 때문에 제안을 거절한다고 말씀드렸고, 그 일은 제가 알아서 하겠다고 밝혔습니다."

"하지만……."

재식은 이 끈질긴 거머리를 어떻게 하면 포기하게 만들 수 있을까 고민해 봤다.

눈치를 살펴보니 아무리 자신이 거절한다 해도 눈앞의 남자는 자신의 말을 곧이곧대로 듣지 않고, 곡해해 들을 게 빤하다는 생각이 들었다.

그래서 제5전대에 말한 것처럼 성신 길드를 이유로 길드에 가입하지 못하겠다는 말을 꺼내자 마음먹었다.

"신성의 스카우터라면, 제 사정에 대해 어느 정도 조사해 보셨을 겁니다."

"그건 그렇습니다만……."

뜻밖의 말에 최명호는 잠시 당황한 모습을 보이며 말을 얼버무렸다.

재식이 설마 민감한 부분을 직접 언급할 것이라고는 전혀 예상하지 못했기 때문이다.

하지만 재식은 당황해하는 최명호의 반응은 신경 쓰지 않고 계속 이야기를 이어 나갔다.

"제가 잠깐 성신 길드에 몸담았다는 것은 아실 테니, 더 이상 말하지 않겠습니다. 다만, 짧은 기간 동안 성신에 있다가 무사히 나올 수 있던 것은 다 이유가 있기 때문입니다."

말을 마친 재식은 잠시 최명호의 두 눈을 물끄러미 응시했다.

그리고 나서 쐐기를 박듯 말을 꺼냈다.

"신성은 길드에 들어왔다가 나가는 헌터에게 아무 조치

도 취하지 않습니까? 길드에 들어온 지 몇 개월이 채 되지 않은 헌터가 길드의 노하우만 쏙쏙 골라 배워 탈퇴하겠다면 가만히 있을 곳이 과연 얼마나 될까요?"

재식의 말에 최명호는 입을 꾹 다물었다.

감히 단언하건대, 그렇게 배포가 큰 길드는 없으리라.

재식은 신성을 언급하며 성신 역시 뭔가 조치를 취했다는 걸 간접적으로 전달했다.

최명호는 뭐라도 말을 꺼내야할 순간이라는 걸 잘 알았지만, 입이 떨어지지가 않았다.

그도 그럴 것이, 방금 전 재식이 들려준 말은 사실 함부로 밖에서 이야기할 수 없는, 매우 민감한 사안이기 때문이었다.

외부에 알려지진 않았지만, 신성 길드에서도 방금 재식이 꺼낸 이야기와 비슷한 일은 얼마든지 있었다.

다만 다른 것은 재식처럼 유전자 변형 시술의 부작용 때문이 아니라, 길드의 노하우를 습득한 뒤에 다른 길드로 그 노하우를 빼돌리려 한 헌터라는 차이점뿐이었다.

그 헌터는 폐인이 된 것은 물론이고, 신성 그룹의 공작으로 일반적인 생활 자체를 할 수 없을 정도로 사회에서 고립됐다.

신성 그룹의 영향력이 없는 나라로 이민을 가지 않는 이상, 평범한 생활을 누릴 수 없을 터였다.

하지만 대격변 이후, 각국 정부는 이민자를 쉽게 받아들이지 않았다.

특정 계층이 아니라 평범한 일반인이라면 이민은 사실상 불가능한데, 그 특정 계층이 바로 헌터와 그의 가족들이었다.

그러나 해당 헌터는 이미 폐인이 된 상태라 헌터로서 활동할 수 없었다.

그렇다는 건 그의 가족들 역시 이민은 꿈도 꾸지 못한다는 뜻이었다.

결국, 그 헌터는 가족을 위해 자살을 결심할 수밖에 없었다.

미안하다는 유서를 남긴 그는 신성 길드 인근 빌딩에서 뛰어내렸다.

뉴스에 나와 이슈가 될 가능성이 다분한 일이지만, 신성그룹은 이미 사전에 확실하게 손을 써둔 상태였고, 그의 죽음은 단순히 사회에 적응하지 못한 이의 자살 사건으로 처리됐다.

'설마 우리 길드의 내부 정보가 빠져나간 건가? 어떻게 내막을 다 안다는 듯이 말할 수 있는 거지?'

최명호는 재식에게 의심의 눈빛을 보냈다.

그러자 재식은 피식 웃으며 최명호를 협박했다.

"사정을 알고 싶으시다면 제가 비밀 서약한 내용을 알려드리겠습니다. 물론, 저도 위험해 지겠지만, 저는 귀찮은 파리를 내쫓기 위해 어쩔 수 없었다고 변명이라도 할 수 있습니다. 그런데 최…명호 씨의 목숨까지는 제가 장담하기 어렵군요. 그걸 원하십니까?"

"음, 알겠습니다. 이건 저 혼자 결정하기엔 어려운 문제군요. 일단 돌아갔다가 다음에 다시 찾아뵙겠습니다."

자신이 감당하기에는 너무도 버거운 일이라 생각한 최명호는 일단은 물러날 수밖에 없다고 판단했다.

오가는 사람이 있는 길에서 이런 이야기를 나누는 것은 자살행위나 마찬가지였다.

"다시 찾아오셔도 제 대답은 변하지 않을 겁니다."

재식은 그제야 문 앞에서 비켜선 최명호를 지나치며 말을 꺼냈다.

그런 재식의 뒷모습을 잠시 지켜보던 최명호는 깊은 한숨을 내쉬며 자신의 상사에게 전화를 걸었다.

"네, 부장님. 정재식 헌터 말입니다. 그냥 포기하는 게 좋을 것 같습니다."

최명호가 보고를 올리자, 그의 상사는 다짜고짜 욕부터 내뱉었다.

"아니, 그게 아니라 아무래도 성신과 뭔가 얽힌 것이 있어 길드에 들어올 수 없는 눈치입니다."

최명호는 재식이 단순하게 몸값을 올리기 위해 튕기는 게 아니라, 성신 길드와 얽힌 일 때문에 가입을 고사한다는 걸 상사에게 설명했다.

그런데 그의 상사는 그 얘길 왜 이제야 말하냐며 욕설을 쏟아 부었다.

"죄송합니다. 네, 자세한 내용은 들어가서 말씀드리겠습니다."

괜히 전화상으로 이야기해 봐야 상사가 자신의 말을 믿어 줄 것 같지 않자, 최명호는 직접 얼굴을 마주한 채 보고하는 게 좋겠다고 생각에 얼른 전화를 끊었다.

"하, 시발… 딱 봐도 먹으면 죽을 것처럼 보이는 독초인데, 그걸 어떻게 길드로 데려가? 뭐? 설득이 안 되면 힘으로라도 데려오라고? 이 미친 새끼야! 그냥 6등급 헌터도 아니고 S급 헌터라고!"

최명호는 이미 통화가 끊어진 핸드폰을 바라보며 고래고래 소리를 질러 댔다.

최명호의 제안을 거절하고 집으로 들어온 재식은 간단하게 저녁을 먹은 뒤, 지하실로 내려갔다.

지하실은 재식이 고블린 던전 사건 이후에 협회에서 돌아오자마자 마법 수련에 대비해 실험 목적으로 꾸려둔 곳이었다.

오래전에는 세를 놓던 공간이지만, 대격변 이후 인구도

많이 줄고 빈집이 늘면서 지하층에 사는 이들은 거의 없었다.

더욱이 지하는 게이트 브레이크가 발생을 했을 때, 몬스터로부터 도망치기 좋은 장소가 아니기에 더욱 선호하지 않았다.

그러다 보니 이사한 뒤 창고로 쓰이던 곳인데, 재식이 마법 수련을 위한 공간으로 사용하게 됐다.

원래 계획대로라면 실제로 사용하는 좀 더 나중의 일이라 생각했는데, 이미 마법을 익힌 상황이니 준비가 완벽히 갖춰질 때까지 기다리는 건 의미가 없었다.

'흐음, 솔직히 마법을 한 번씩 써보는 것에 불과했지만…….'

재식은 마법 지식이 이미 머릿속에 들어 있기 때문에 그전에 사용해 본 적 없는 마법도 그다지 어렵지 않게 쓸 수 있었다.

게다가 재식은 우연과 행운이 겹치면서 챠콥이 그렇게 이루고 싶어 하던 5클래스 흑마법사가 됐다.

'마법을 익히는 게 땅 짚고 헤엄치는 것만큼이나 쉬울 줄은 몰랐지.'

재식은 1클래스 마법부터 5클래스 마법까지 챠콥의 기억에 남은 마법은 전부 사용할 수 있었다.

재식은 일단 1클래스 마법으로는 어둠을 주위로 퍼트리

는 다크니스와 어둠 속성의 에너지를 날려 적을 공격하는 다크 볼트를 익혔다.

그리고 2클래스 마법은 대상의 시력을 가리는 블라인드를 익혔다.

블라인드는 1클래스 마법인 다크니스의 원거리에서 발동시키는 버전이라, 따로 익힐 필요가 없었다.

3클래스는 힘을 늘려주는 스트렝스와 애로우 계열의 공격 마법인 다크 애로우를 익혔다.

4클래스로는 락 골렘을 묶은 넷 바인드와 숨겨진 마법 장치나 은신한 존재를 찾아낼 수 있는 다크 아이즈를 익혔다.

마지막으로 5클래스 마법에는 부서진 부위를 수복하려던 락 골렘의 마나를 동결시킬 때 쓴 프리징 오브 마나가 있었다.

그 외에도 차콥의 기억 속에는 더 많은 마법이 있지만, 재식은 당장 유용하게 사용할 수 있는 것으로 보이는 것을 골라 습득했다.

우선 순위에서 밀린 마법들은 차근차근 익힐 생각이었다.

하지만 오늘 이곳에 내려온 것은 마법을 익히는 게 아니라, 락 골렘을 잡아 얻은 마나석을 가져다 두기 위해서였다.

마나석을 사용하려면 사전에 준비를 갖춰야 할 것도 많았고, 실수하지 않을 만큼 마법에 숙달될 필요도 있기에 당장 쓸 일은 없기 때문이었다.

10. 아티팩트를 만들다.

분명히 거절의 의사를 밝혔으나, 신성 길드는 그 이후로도 몇 차례나 재식을 찾아와 길드에 가입할 것을 권유했다.

하지만 재식은 신성 길드가 제시하는 조건에 어떤 감흥도 느낄 수 없었다.

이제는 아버지의 건강도 회복됐고, 가족이 살 집도 마련돼 있어 돈에 대한 욕심이 크지 않았다.

그렇기 때문에 재식에게 억 단위의 연봉은 구미가 당기는 조건이 아니었다.

재식은 돈 때문에 성신 길드와 갈등을 일으키기보다는 지금의 삶을 유지하는 게 더 낫다고 판단했다.

거듭된 재식의 거절에 신성 길드도 더 이상 재식에게 귀찮게 매달리지 않고, 그냥 좋은 관계를 유지하는 것으로 이야기를 끝냈다.

물론, 이는 중간에 헌터 협회가 나서서 중재했기에 가능한 것이었다.

협회로서는 재식이 길드에 들어가는 것보다 프리랜서로 활동하는 게 더 좋기 때문에 적극적으로 나서줬다.

하지만 협회가 중재에 나선 건 결코 호의 때문은 아니었다.

협회는 중재의 대가로 위급 상황에서 재식의 도움을 요청할 때, 부득이한 사정이 없는 한 반드시 응해야 한다는 계약을 맺었다.

그러자 재식은 요청을 받아 임무에 투입되더라고 정당한 대금을 치러야 한다고 못을 박았다.

협회는 6등급인 S급 헌터를 부르는 데 돈을 아낄 생각은 전혀 없었기에 큰 고민 없이 재식의 제안을 받아들였다.

그렇게 신성 길드와 원만하게 이야기를 마무리한 재식은 본격적인 마법 수련에 돌입했다.

챠콥이 기억하는 마법이 재식의 기준에선 그다지 많은 게 아니라서 금방 끝났다.

하지만 재식은 수련을 통해 마법이란 학문이 생각보다 범

용성이 넓다는 걸 알 수 있었다.

그도 그럴 것이, 챠콥에게 물려받은 기억에는 공격 마법보단 보조 마법이 많은 비중을 차지하기 때문이었다.

보조 마법이란 직접적인 피해를 입히는 공격 마법이 아니라, 블라인드나 넷 바인드, 또는 다크 아이즈처럼 시야를 방해하거나 아군을 보조하는 방식의 마법이었다.

재식은 공격 마법보다는 보조 마법의 활용도가 높다고 여겼다.

동급의 공격 마법에 비해 마력 소모가 상대적으로 적었다.

게다가 육체 능력이 뛰어난 재식은 마법으로 공격하는 것보다 보조 마법으로 묶어둔 상대를 잡는 쪽이 더 손쉬웠다.

솔직히 등급이 낮은 고블린 정도의 몬스터라면 몰라도 몬스터를 마법 한 방으로 잡는 것은 결코 쉬운 일이 아니다.

'이젠 6등급 헌터니까, 4등급 미만의 몬스터 출현지에 가는 건 민폐겠지.'

재식은 지하철 던전에서 고블린을 학살했을 때, 일반 헌터들이 밥그릇을 빼앗겼다며 불만을 터뜨리던 장면을 떠올렸다.

솔직히 이젠 등급에 맞는 몬스터를 잡을 수 있는 능력도 있었고, 4등급 미만의 몬스터를 잡는 건 큰 메리트가 없었다.

만약 의뢰도 없이 낮은 등급의 몬스터를 학살해 돈을 번다면, 대놓고 욕하진 않더라도 암암리에 소문이 돌 것이다.

'사실은 6등급 헌터가 아니라든지, 6등급 헌터가 겁먹고 낮은 등급의 몬스터만 찾는다든지… 어느 쪽이든 좋은 일은 아니지.'

재식은 굳이 마력만 많이 소모하는 공격 마법보단 효율이 좋은 보조 마법에 더 관심을 쏟았다.

재식은 어떻게 하면 더 효과적으로 보조 마법을 활용할 수 있을지 연구해 봤다.

하지만 그마저도 더는 소득을 거두기 힘들어지자, 인챈트 마법 쪽으로 관심을 돌렸다.

인챈트는 사물에 마법을 부여하는 마법으로, 보조 마법에 속하지만 솔직히 효율이 좋다고 말할 수는 없었다.

하지만 마법진을 물건에 새긴 물건, 아티팩트는 엄청난 메리트를 가진다.

동력원인 마나석이나 마정석만 있다면 스펠만 외워 누구나 마법을 사용할 수 있기 때문이었다.

마력을 제대로 사용하지 못하는 하급 헌터는 물론이고, 아예 마력을 가지고 있지 않은 일반인도 가능했다.

그리고 아티팩트는 대격변 이후, 헌터 업계의 새로운 패러다임을 제시할 가능성이 충분했다.

만약, 아티팩트가 재식이 생각하는 것처럼 큰 성공을 거둔다면 이는 혁명이나 마찬가지였다.

더 이상 인류는 몬스터를 두려워하지 않아도 될 수 있었다.

물론, 재식이 챠콥의 기억으로 차용할 수 있는 마법은 겨우 5클래스 정도에 불과하지만, 그것만으로도 대단한 아티팩트를 제작할 수 있었다.

5클래스 마법은 위력이 상당하기 때문에 재식은 위험 분류 7등급 몬스터에게도 피해를 줄 수 있을 것으로 예상했다.

그 말인 즉, 충분한 수를 모을 수 있다면 현재 특별한 능력을 가진 고위 헌터들만 사냥 가능한 위험 분류 7등급 몬스터를 등급이 낮은 헌터들도 상대할 수 있으리라.

다만 그것은 아직 먼 훗날의 이야기고, 지금 당장 재식의 관심을 사로잡은 것은 방어 마법이 부여된 아티팩트였다.

하지만 안타깝게도 재식이 익힌 보조 마법 중에 가장 효율이 떨어지는 게 바로 방어 마법이었다.

효율이 떨어지는 마법으로 아티팩트를 만드는 것은 비효율의 극치이지만, 그럼에도 재식이 방어 마법을 택한 이유는 부모님의 안전 때문이었다.

아무리 인류의 안전을 지키는 헌터가 많고, 자신도 고위 헌터로 성장했다지만, 언제 어느 때고 부모님 곁에 머물러 있을 수는 없었다.

재식은 어렸을 때, 아버지가 몬스터의 공격에 부상 입은 것을 잊을 수가 없었다.

그때 당시에 돌발 게이트에서 나온 몬스터는 겨우 고블린에 불과했다.

지금이야 최약체 몬스터라 일반인도 잡을 수 있지만, 부모님에게 닥칠 위험이 고블린뿐일 리가 없었다.

그러니 부모님의 안전을 생각하지 않을 수가 없었다.

그래서 마법을 연구하다 생각난 것이 바로 인챈트 마법을 이용한 방어 도구였다.

인챈트로 아티팩트를 만들 때, 가장 중요한 건 구동부가 되는 재료였다.

마나석이나 마정석 어느 쪽이나 상관 없지만, 재식은 마정석보다 효율이 좋은 마나석을 사용할 계획이었다.

다만, 현재 지구에서는 마나석을 구하는 게 여간 힘든 일이니 심혈을 기울여야 했다.

마나석을 구하기 힘든 이유는 골렘을 잡아 봐야 빈껍데기뿐이란 인식이 퍼져 있다 보니, 다들 기피하는 바람에 시장에 풀리는 경우가 적었다.

게다가 골렘의 코어인 마나석은 에너지가 모두 바닥나 쓸모가 없어진 마정석 취급을 받으며 버려지기 일쑤였다.

그래서 다른 헌터들에게 골렘의 코어를 채취하는 것을 의뢰할까 생각해 봤지만, 골렘이 자가 수복을 위해 마나석의 에너지를 완전히 사용하기 전에 마무리를 지어야만 했다.

텅빈 마나석을 충전할 수도 있겠지만, 애초에 자신이라면 마나석의 마력이 몽땅 빠지기 전에 채취할 수 있었다.

다른 이들이 못미덥다면 자신이 구하는 게 옳았다.

문제는 골렘의 등급이 높다 보니, 단기간에 마나석을 원하는 만큼 채취하기 어렵다는 것이었다.

그렇다면 차선책으로 효율이 떨어지는 마정석을 사용하는 방법도 있었다.

하지만 재식이 아는 방어 마법을 인챈트할 때 마정석을 사용하면, 아티팩트의 효율이 너무 많이 떨어졌다.

원래부터 마나는 한 곳에 고정되는 것이 아니라 균형을 유지하려는 성질을 가지고 있기에 자연 상태에서는 마나석이든 마정석이든 품고 있는 에너지를 방출하며 조금씩 줄어든다.

하지만 마나석과 마정석의 차이는 단순히 광물에 마나가 깃든 것과 생명체의 몸속에서 마나가 굳어졌다는 정도가 아니었다.

마정석을 몬스터의 심장에서 꺼내면 시간이 흐를수록 에너지가 계속해서 줄어드는 반면, 마나석은 특이하게 일정 크기 이상이라면 소모된 마나를 주변에서 흡수하며 상태를 유지한다.

그런 성질 덕분에 골렘이 쉬지 않고 움직일 수 있는 것이었다.

하지만 임계점 이상의 마나가 한꺼번에 빠져나가면 마나석도 마나를 흡수하는 기능을 잃으며 평범한 돌덩이로 돌아간다.

솔직히 성능 차이는 크지 않으니 마나석으로 만들든 마정석으로 만들든 상관없었다.

마정석으로 만들어진 아티팩트라도 사용 횟수에 제한이 있을 뿐, 고갈된 마정석을 갈아 끼워야 하는 불편함을 제외하면 큰 단점은 없었다.

다만, 마나석으로 만든 아티팩트가 재사용하는 데 시간이 걸린다는 단점은 있어도 부서지기 전까지는 거의 영구적으로 사용할 수 있다는 장점을 가졌다.

그렇기에 재식은 될 수 있으면 후자를 택하고 싶었다.

*　　　*　　　*

대한민국의 수도, 서울을 가로지르는 한강.

대격변 이전에는 이곳에서 수상 스포츠를 즐기는 사람도 많았고, 젊은 남녀가 데이트를 즐기던 명소이기도 했다.

하지만 대격변 이후 이곳은 몬스터의 서식지가 되고 말았다.

비록 위험 분류가 낮은 3등급 정도의 몬스터뿐이고, 놈들이 강변을 벗어나지 않기에 방치하는 상황이나 마찬가지였다.

만약 한강의 몬스터들이 장소를 벗어날 수만 있다면, 대한민국은 몬스터로 인해 초토화가 됐을지도 모를 일이었다.

"으아, 아주 바글바글하네."

재식은 한강이 보이는 뚝방 위에서 아래를 내려다보며 작게 중얼거렸다.

그가 바라보는 곳에는 골렘의 일종인 머드 맨이 자리 잡고 있었다.

머드 맨은 골렘이라고 부르기 민망할 정도로 작은 몸집을 가지고 있는데, 키가 겨우 1미터가 조금 넘는 크기의 소형 골렘이었다.

하지만 크기가 작다고 머드 맨을 무시하다간 큰코다치는 수가 있었다.

그도 그럴 것이, 골렘들은 하나같이 물리 공격에 큰 타격을 받지 않으며 마법이나 속성 능력 공격에도 어느 정도 버털 수 있기 때문이었다.

그보다 더 큰 문제는 골렘 다 그렇듯 머드 맨도 수복 능력을 가지고 있기 때문에 대미지를 입어도 금방 멀쩡해졌다.

그러다 보니 위험 등급이 낮아도 머드 맨을 잡으려는 헌터는 그리 많지 않았다.

그저 갓 각성한 헌터가 자신의 속성에 익숙해지기 위해 연습용으로 사용되는 경우가 빈번했다.

각성 헌터를 훈련시키는 일은 많은 예산이 들어가는 건 물론이고, 각별한 신경을 쏟아야 했다.

무엇보다 훈련 시설을 파괴하지 않고 각성 헌터가 자신의 속성에 익숙해질 때까지 교육할 수 있다는 게 가장 큰 이점이었다.

시설을 보수하는 예산을 크게 줄일 수 있기 때문이었다.

그렇기에 협회나 길드 등에서는 각성 헌터를 훈련시킬 때 한강으로 데려와 훈련시켰다.

헌터 또한 자신의 힘을 억제하거나 주의를 기울이지 않고 마구잡이로 능력을 사용할 수 있다 보니 자신의 속성에 빠르게 익숙해질 수 있었다.

서로에게 나쁘지 않은 방법이었다.

재식이 강변에 도착했을 때도 이미 몇몇 각성 헌터가 자신의 속성에 익숙해지기 위해 훈련하는 중이었다.

콰광!

파지직!

퍽!

재식이 주변을 살피는 중에도 간간히 각성 헌터들의 능력이 터지는 소음이 들렸다.

"와, 생각보다 더 요란하네."

주변에서 쉬지 않고 들려오는 큰 소리에 재식은 고개를 절레절레 저었다.

아직 자신의 능력을 제대로 컨트롤하지 못하는 헌터들이 쏘아낸 공격은 몬스터가 아니라 맨바닥에 부딪히는 경우가 많았다.

덕분에 엄청난 굉음이 재식의 귓전을 때렸다.

"좀 조용한 곳을 찾아서 사냥해야겠다."

괜히 소음이 들려오는 곳 근처에서 머드 맨을 사냥하다가 컨트롤되지 않은 속성 공격을 받을 수도 있다는 우려 때문이었다.

물론, 재식 정도의 능력자가 이제 갓 각성한 능력자의 공격에 사망하지는 않겠지만, 부상을 입을 수도 있는데 위험을 감수할 이유가 전혀 없었다.

"이 정도로 떨어지면 괜찮겠지."

아직도 폭음이 작게 들리지만, 처음 도착한 장소에서 100미터쯤 떨어졌으니 실수로라도 공격이 날아오진 않을 터였다.

"그럼 나도 시작해 볼까."

혼잣말을 작게 중얼거린 재식은 머드 맨 중에서 그나마 덩치가 큰 놈을 골라 사냥할 계획이었다.

통틀어 머드 맨이라고 부르지만, 개체마다 품은 마력은 모두 달랐고 덩치가 클수록 마나석도 클 게 분명했다.

"다크 아이즈!"

재식이 숨겨진 장소나 마력, 부정형 몬스터를 볼 수 있게 만들어주는 다크 아이즈 마법을 시전했다.

"저놈이 제일 큰 것 같네. 프로스트!"

재식은 스펠을 외치지 않고, 단어만으로 간단하게 마법을 사용했다.

하지만 그 위력을 결코 가볍지 않았다.

쩌저적!

재식이 노린 머드 맨 주위로 푸르스름한 기운이 몰려들더니 차가운 냉기를 내뿜으며, 머드 맨은 순식간에 얼어붙고 말았다.

'6클래스나 7클래스 마법 중에는 넓은 범위를 한 번에 얼리는 마법도 있을 텐데…….'

재식은 프로스트 마법이 하나의 머드 맨을 얼리는 데 그치자, 아쉽다는 듯 입맛을 다셨다.

하지만 그런 생각도 잠시, 재식은 자신이 얼린 머드 맨에 빠르게 접근해 얼어붙은 놈의 몸체 중앙을 노리고 오른팔을 쭉 내뻗었다.

퍽!

얼어서 단단해진 진흙을 가른 카타르가 깊숙이 꽂혔다.

정확히 머드맨의 코어 위쪽에 오른손의 카타르가 틀어박힌 걸 확인한 재식은 왼손을 아래에서 위로 찔러 올렸다.

카타르로 코어의 위아래를 막은 재식은 그대로 힘을 줘서 팔을 당겼다.

머드 맨의 코어를 다크 아이즈로 확인한 재식은 번거롭게 여러 번 손을 움직일 필요가 없었다.

주르륵!

몸에서 코어가 빠져나가자 머드 맨은 단순한 진흙으로 변했지만, 아직은 꽁꽁 얼어 있기 때문에 바닥으로 흘러내리지 않았다.

잡기 까다롭다는 머드 맨을 너무 간단하게 사냥한 재식은 마력이 가득 찬 마나석을 손에 넣을 수 있었다.

"상태가 좋네."

손에 들린 마나석을 살피던 재식은 만족스럽다는 듯 빙그레 미소를 지으며 만족했다.

다크 아이즈 마법으로 살펴본 마나석은 은은하게 마력을 발산하며 밝게 빛나는 것처럼 보였다.

출발이 좋아서일까, 다음 사냥감으로 향하는 재식의 발걸음에 힘이 실렸다.

*　　　*　　　*

딸깍.

"휴! 완성이다."

1.2센치미터 정도의 작은 원형 판에 지름 5미리미터 정도의 마나석을 끼워 넣은 재식이 작게 한숨을 내쉬었다.

며칠 전 한강에 나가 구해온 머드 맨의 코어에는 마나석과 미스릴이 소량 포함돼 있었다.

이를 발견한 재식은 미스릴로는 작은 원형 판을 만들어 마법진을 새겼고, 마나석은 마법을 유지하는 에너지의 원천이 되었다.

재식이 지금 완성한 원형 판은 무려 5클래스 방어 마법인 프로텍터 마법이 인챈트된 것이다.

원래 계획은 3클래스의 방어 마법인 실드를 새기는 것이지만, 이왕 부모님 것을 만드는데 최선을 다하자는 생각이 들었다.

그래서 재식은 자신이 만들 수 있는 최고의 방어 마법을 새기자 마음을 고쳐먹었다.

그래서 3클래스 실드가 아니라 5클래스 방어 마법인 프로텍터 마법을 인챈트했다.

물론, 처음부터 5클래스 마법을 새긴 것은 아니고, 3클래스 실드 마법으로 마법진을 새기며 연습 과정을 거쳤다.

그리고 충분히 익숙해져서 실수하지 않을 수 있다는 확신이 든 재식은 프로텍터 마법 인챈트에 도전했다.

한 번의 성공을 거두자, 그다음부터는 쉬웠다.

“아버지 것도 완성!”

순식간에 프로텍터 마법을 새긴 작은 원형 판 두 개가 생겼다.

작은 원형 판에 마나석을 끼워 넣은 아티팩트는 신비로운 보석으로 장식한 액세서리처럼 보였다.

‘흠, 이왕 노력하는 거 보기 좋게 외견도 다듬어보자.’

재식은 부모님께 드리는 것이니, 그냥 밋밋하게 원형 그대로 건네는 것보다는 브로치나 목걸이 형태의 액세서리로 만드는 게 좋겠다고 생각했다.

그래야 언제든 몸에 지니기에도 좋고, 남들이 보기에도 수상하게 여기지 않을 터였다.

재식은 생각과 동시에 작업에 들어갔다.

작은 원형 판에 새겨진 마법진을 변형시키지 않는 범위에서 남은 미스릴을 덧붙여 하나는 브로치로, 다른 하나는 반지 형태로 만들었다.

어떤 모양으로 만들 것인가 잠시 고민한 재식이었지만, 액세서리를 좋아하는 어머니는 브로치든 목걸이든 상관없었다.

하지만 아버지가 문제였다.

아무리 머리를 굴려봐도 중년 남성에게 어울리는 액세서리가 떠오르지 않았다.

목걸이로 하자니 여성과 다르게 남자들은 메달을 목에 거는 경우가 거의 없었다.

그리고 보석을 쓰지 않는 단조론운 형태의 목걸이를 선호하는 경향이 강했다.

그러다 보니 인챈트 원판을 달기가 애매했다.

목걸이 다음으로 떠오른 건 넥타이 핀이나 커프스단추인데, 아버지가 양복을 입을 일이 거의 없기에 이것도 적합하지 않았다.

마땅한 게 없다보니 재식은 결국 무난한 반지를 택했다.

그런데 일단 만들고 보니 반지 형태가 원판을 거의 훼손하지 않고 자연스럽게 만들 수 있었다.

"흠, 괜찮네."

재식은 아버지의 것도 이상하지 않게 잘 만들어진 것 같아 심히 흡족했다.

* * *

월요일 아침, 재식은 아침을 먹은 뒤 바로 나가지 않고 부모님을 거실로 모셨다.

"무슨 일이야?"

정숙은 아침을 먹고 설거지하려는 자신과 남편을 재식이 부르자 의아한 표정으로 물었다.

"아버지랑 어머니께 드릴 것이 있어서 그래요."

"우리에게 선물을 준다고?"

정숙은 재식의 대답에 고개를 갸우뚱했다.

지금도 아들에게 많은 것을 받고 있는데, 또 무엇을 준다는 것인지 의아했다.

"선물?"

그건 성훈도 마찬가지였다.

"네. 여기 이건 아버지 것이고, 이건 어머니 거예요."

재식은 선물용 목갑 두 개를 아버지와 어머니 앞에 놓았다.

그냥 반지와 목걸이만 달랑 드리는 것보다 이렇게 케이스에 담아서 드리는 게 좋겠다는 생각에 선물 가게에서 파는 만 원짜리 목갑을 구입해 포장한 것이었다.

"이게 뭐야?"

"열어 보세요."

딱 겉모습만 봐도 안에 무엇이 들어 있을지 알 수 있지만, 정숙은 아들에게 선물을 받았다는 기쁨에 호들갑을 떨며 포장을 뜯었다.

"어머!"
그러고는 그 안에 들어 있는 목걸이를 보며 눈을 반짝였다.
백금처럼 빛나는 가는 체인에 그 끝에 매달린 작은 메달.
그리고 메달 가운데엔 종류는 알 수 없지만, 신비로운 빛을 내며 시시각각 색이 변하는 보석 보였다.
거기에 보석 주변에 그어진 가는 선과 알 수 없는 기호들은 목걸이의 신비감을 더욱 증폭시켰다.
정숙의 눈길을 사로잡기 충분할 정도로 아름다운 목걸이었다.
재식의 선물에 반한 정숙은 한동안 아무 말도 할 수 없었다.
그리고 그것은 옆에서 자신의 선물을 확인한 성훈도 마찬가지였다.
보석에 그다지 관심이 없는 성훈도 반지의 알로 박힌 마나석의 신비함에 시선을 빼앗기고 말았다.
"와! 이건 무슨 보석인데 이렇게 신비로운 빛을 내뿜는 거니?"
마나석의 아름다운 영롱한 빛에 잠시 혼을 빼앗긴 정숙이 정신을 차리고 재식에게 물었다.
"제가 요 며칠 지하 연구실에서 작업했잖아요."
"그래. 밥도 안 먹고 일만 하기에 걱정했잖아."

정숙은 재식이 끼리를 거른 게 다시 생각 났는지 미간을 좁혔다.

"그게 다 두 분 선물을 만들기 위해 그런 거였어요."

"이걸 네가 만들었다고?"

재식의 설명에 정숙과 성훈은 다시 한 번 자신의 손에 들린 물건을 확인했다.

아들이 손수 만든 선물.

그간 재식에게 많은 것을 받았지만 새삼 가슴 뭉클한 감동이 올라왔다.

"아버지와 어머니께 드린 것은 단순한 목걸이나 반지가 아니에요."

"뭐?"

"언제 어느 때, 게이트 브레이크로 몬스터가 나올지 모르는데, 뭔가 안전을 보장할 수 있는 장치가 필요할 것 같아서 만들어 본 거예요."

재식은 자신이 만든 목걸이와 반지에 대해 설명해 줬다.

다만 그것이 얼마나 대단한 것인지는 알리지 않았다.

괜히 그랬다가는 아버지와 어머니가 부담스러워 착용하지 않을 수도 있기 때문이었다.

"그럼 이것만 있으면 몬스터를 만나도 안전하다는 거야?"

재식의 설명을 들은 정숙이 놀란 눈으로 자신의 손에 들린 목걸이와 아들을 번갈아 쳐다보며 물었다.

"네. 위험이 감지되면 자동으로 마법이 시전되고, 제게 위치를 알려줄 거예요."

"어머! 이 조그마한 것에 그런 기능도 있어?"

겨우 1센티미터 정도밖에 되지 않는 메달에 놀라운 기능이 있다는 것에 정숙은 물론이고, 성훈도 깜짝 놀랐다.

그러면서 새삼 아들이 더욱 커보였다.

'다 컸네.'

성환은 훌륭하게 자란 재식이 자랑스러웠다.

"꼭 몸에서 떼지 마세요. 그럼 저는 일 좀 보러 나갔다 올게요."

"그래. 조심히 다녀와라."

"네!"

재식은 부모님의 배웅을 받으며 집을 나섰다.

재식이 집을 나와 향한 곳은 종로에 위치한 헌터 협회였다.

부모님의 방어형 아티팩트를 만드는 과정에서 제작한 아이템 몇 개가 더 있는데, 그것을 최수연에게 전해줄 생각으로 그녀를 만나러 가는 것이었다.

비록 부모님께 드린 것처럼 5클래스 프로텍터가 아니라 3클래스의 실드라 큰 도움은 되지 못할 것이다.

그래도 탱커가 없는 그녀의 전대에 조금이나마 도움이 될 것은 분명했다.

웅성웅성.

이미 업무를 시작한 뒤 한참이나 지난 시간임에도 협회 본부 건물 안은 사람들로 북적였다.

'혹시 길이 엇갈린 건 아니겠지?'

부모님에게 아티팩트에 대해 설명하다 조금 시간이 지체됐는데, 혹시나 그녀가 이미 임무를 받아 본부를 나섰을 수도 있겠다는 생각에 재식은 마음이 급해졌다.

"어? 재식 오빠!"

막 엘리베이터 앞에서 도착해 초조하게 발을 구르던 재식의 귓가에 정미나의 목소리가 들렸다.

소리가 들리는 곳으로 고개를 돌리니, 조금 떨어진 곳에서 정미나가 걸어오고 있었다.

"어, 안녕."

"오빠가 여긴 어쩐 일이세요?"

정미나는 협회 본부에 프리랜서 헌터가 찾아오는 일은 거의 없기에 물어본 것이다.

"아, 수연 누나에게 전해줄 것이 있어서 왔어. 그런데 다행히 제5전대는 출동하지 않았나보네."

완편된 상태가 아님에도 제5전대의 스케줄은 무척이나 빡빡했다.

물론, 임진강 북쪽의 옛 휴전선 인근에 파견돼 북쪽에서 밀려드는 몬스터들과 수시로 전투를 벌이는 다른 전대들보다 제5전대의 일은 적은 편이었다.

하지만 이곳저곳 이동하며 허비하는 시간을 생각하면 제5전대도 그리 편하기만 한 것은 아니었다.

"호호호, 조금만 늦었어도 길이 엇갈릴 뻔했네요."

정미나는 재식을 보며 방긋 웃어 보였다.

"그래? 무슨 일 있어?"

"네. 강원도 쪽에서 게이트 브레이크가 터졌어요. 그래서 당분간 그쪽에 가 있어야 할 것 같아요."

"뭐? 게이트 브레이크?"

"네. 하지만 그렇게 놀랄 정도로 심각한 상황은 아니에요. 겨우 4등급인데다 네임드도 아니거든요. 단순 집단 몬스터예요."

정미나는 강원도에서 발생한 게이트 브레이크에 대해 설명해 주며 재식과 함께 엘리베이터를 탔다.

"그런데 오빠는 무슨 일로 수연 언니를 찾아 왔어요? 설마… 어?"

정미나는 제5전대의 휴게실 겸 사무실이 있는 3층으로 안내를 하면서도 쉬지 않고 재잘거렸다.

그러다 그녀는 재식이 들고 있는 종이 쇼핑백을 발견했다.

쇼핑백 옆에는 큼직하게 타피니란 로고가 박혀 있었다.

정미나의 눈이 동그랗게 커지며 재식의 얼굴을 바라봤다.

타피니는 여자라면 어린 아이까지 다 알고 있을 만큼 너무 유명한 보석 브랜드였다.

정미나는 재식의 얼굴과 쇼핑백을 번갈아 바라보며 의심의 눈초리를 보냈다.

'응?'

재식은 정미나의 이상한 반응에 고개를 갸우뚱했다.

'무슨 일 있나?'

미나가 무슨 생각을 하는지 모르는 재식은 그냥 무슨 일이 있나보다 여길 뿐이었다.

띵!

[3층입니다.]

엘리베이터는 금방 3층에 도착했다.

그런데 정미나는 멍한 표정으로 엘리베이터에서 내리는 재식을 보고 있을 뿐이었다.

"뭐 해. 안 내려?"

"으응, 내려요."

정미나는 여전히 정신을 차리지 못한 채 재식을 앞질러 제5전대의 휴게실로 향했다.

정미나와 재식이 휴게실로 들어서자, 이하윤이 인사를 건넸다.

"어쩐 일로 재식이가 우리 사무실을 찾았을까?"

그녀는 재식과 친구로 지내자며 말을 놓은 상태라 편하게 말을 꺼냈다.

"어서 와, 재식아."

이하윤에 이어 신초롱도 사무실 안에 들어온 재식을 반갑게 맞이했다.

"다들 안녕. 그런데 수연 누나는 어디 간 거야?"

"뭐야, 넌 친구인 우리보다 수연 언니를 먼저 찾냐?"

이하윤은 자신과 초롱에게 뭉뚱그려 인사를 건내며 바로 리더인 최수연을 찾는 재식의 반응에 짐짓 화난 듯 소리쳤다.

"언니……."

이하윤이 재식을 향해 고함을 지르자, 정미나가 낮은 목소리로 이하윤을 부르더니 손가락으로 재식이 한 손에 들고 있는 쇼핑백을 가리켰다.

정미나의 손짓에 이하윤과 신초롱은 재식의 왼손에 들린 쇼핑백에 시선을 주었다.

그리고 무엇 때문에 정미나가 작은 목소리로 불렀는지 알 수 있었다.

'어머! 타피니네!'

'설마…….'

타피니 로고가 그려진 쇼핑백을 확인한 이하윤과 신초롱은 조금 전 정미나가 그러한 것처럼 눈이 몽롱하게 풀리고 말았다.

그때, 회의를 마친 최수연이 문을 열고 들어왔다.

"어? 재식아, 여기는 어쩐 일이야? 혹시 전에 내가 한 제안을 받아들이기로 결정한 거야?"

"아뇨. 그런 게 아니라 전해줄 게 있어서 들렀어요."

"전해줄 것? 그게 뭔데?"

재식은 최수연의 물음에 얼른 손에 들고 있던 쇼핑백을 테이블 위에 올려뒀다.

그리고 바로 쇼핑백에서 작은 케이스 다섯 개를 테이블 위로 꺼내뒀다.

"바로 이거예요."

반지 케이스처럼 보이지만 그것보다는 조금 컸다.

하지만 다른 상상을 하던 정미나나 신초롱, 그리고 이하윤은 자신도 모르게 부러운 표정을 지어 보이며 최수연을 바라봤다.

세 사람은 재식 정도면 충분히 자신의 짝으로 부끄럽지 않은, 아니 충분히 자랑할 만한 남자라고 생각했다.

비록 얼굴은 평범한 편이지만, 그녀들은 남자 얼굴을 파먹고 살 생각은 없었다.

남자는 무엇보다 가진 능력이 중요했다.

그런 측면에서 6등급의 S급 헌터라면 재벌 부럽지 않은 존재다.

그런데 재식은 자신들이 아니라 최수연을 택한 것처럼 보였다.

세 사람은 최수연이 너무 부러웠다.

하지만 그녀들은 금방 몽상에서 깨어나야만 했다.

재식이 타피니 로고가 그려진 쇼핑백에서 꺼낸 다섯 개의 상자가 수연만을 위한 게 아니라, 자신들 모두를 위해 만든 것이란 설명 때문이었다.

"어? 우리들 것도 있다고?"

"응. 내가 마법을 익혔다고 했잖아. 그래서 만들어 본 거야. 모두 하나씩 받아."

재식은 3클래스 실드 마법이 인챈트된 팔찌를 그녀들에게 하나씩 건넸다.

그녀들에게 주는 것이 부모님께 드린 것처럼 목걸이나 반지가 아닌 이유는 그녀들이 헌터이기 때문이었다.

몬스터와 전투하다 보면 반지나 목걸이는 무척이나 거치적거리기에 팔찌 형태로 만든 것이었다.

"4등급 이하 몬스터의 공격은 100% 막아낼 수 있을 거고, 6등급 몬스터의 공격도 30% 정도는 피해를 줄여줄 거야."

재식은 챠콥의 기억에 있는 실드 마법의 위력을 떠올리며 설명해 줬다.

사실 위험 분류 6등급 정도의 몬스터의 공격을 100% 막아내려면 실드가 아니라 부모님께 드린 프로텍터 정도는 되어야 한다.

하지만 재료도 부족하고, 그 정도의 아티팩트를 다섯 개나 공개한다면 뭔가 큰일이 벌어질 수도 있었다.

그래서 그냥 3클래스 마법인 실드가 인챈트 된 팔찌를 준 것이다.

하지만 재식은 자신의 어설픈 잣대로 마법에 대해 너무 과소평가하고 말았다.

재식의 입장에선 3클래스 마법의 실드 마법이 새겨진 아티팩트는 별게 아니지만, 다른 사람들에겐 눈에 불을 켜고 찾아 나설 만한 아이템이었다.

〈『헌터 레볼루션』 6권으로 계속…〉

www.b-books.co.kr

www.b-books.co.kr